人食い鬼

公事師　卍屋甲太夫三代目

幡　大介

幻冬舎時代小説文庫

人食い鬼

公事師　卍屋甲太夫三代目

目次

第一章　裏街道にも春

一

「まったく、これじゃあ、どうにもなりゃしねぇべ」

「もうじき田植えが始まるっちゅうだに、男手が足りねぇ」

「オラの家じゃあ、苗代《なわしろ》かきもままならねぇ始末だ」

名主《なぬし》屋敷の台所。名主（西国では庄屋）の屋敷は村の政庁でもあった。百姓たちは事あるごとに名主屋敷に集まっては、談合をする。名主屋敷にはそのための大きな板ノ間が造られていた。十二畳ほどはあろうか。

一段高い板ノ間に百姓たちが数人集まっていた。百姓たちは顔を伏せ、声を潜めて語り合う。あまりに低い声音《こわね》のせいで、誰が口を利いたのか、よくわからないほどであった。

奥座敷に通じる板戸が開いて、名主の市兵衛《いちべえ》が出てきた。板ノ間のいちばん奥に座る。車座になっていた百姓たちは、市兵衛に向かって座り直した。

「名主さん、これはいよいよいけねぇべ」

百姓の一人、三十ばかりの、四角い顔の男が訴える。

それに続いて、五十も半ばの、顔に皺《しわ》の目立つ男が声を上げた。

「このままじゃあ、この村は政五郎《まさごろう》の食い物にされちまう……」

「んだ！　アイツは蝗《いなご》と同《おんな》じだ！」

丸顔の老人が乾いた唇を開いた。

「好き勝手に食い荒らされて、オラたちは、立ち枯れにされちまうだぞ！」

老人の言葉に、皆が一斉に頷《うなず》いた。

四角い顔の百姓が口惜しげな表情で首を振る。

「『信用のできるお武家様のお屋敷にご奉公だ』、言うから、喜んで弟を差し出したけんど、その弟が行き方知れずだ！　オラ、弟の身が案じられて、夜もおちおち寝ていられねぇ！」

訴える皆々を、名主の市兵衛が渋い顔つきで見守っている。百姓たちは市兵衛の言葉を待っている。仕方なく市兵衛は口を開いた。

「しかしの……。政五郎は知っての通りの乱暴者だ。おまけに昔は、江戸の同心様の手下をしておって、刀を振り回す悪党を相手に、立ち回りをしておったような男だ。わしら百姓が束になってかかっても、敵《かな》う相手じゃあ、あるまいに」

「だからと言って、好き勝手にさせとく、言うだか！」

四角い顔の百姓が激昂《げっこう》したが、

「なら、お前《め》ぇが先に立って、政五郎を捕まえに行くか？」

市兵衛に問いつめられ、百姓は四角い顔を伏せた。

純朴で、平和な村の暮らしに慣れた百姓たちだ。いざとなると臆病風《おくびょうかぜ》に吹かれてしまう。

「じゃあ、どうすりゃあいいんだ……」

丸顔の老人が絶望のうめき声を上げた。その時であった。台所口の大きな扉が外側から開けられた。陽光がサーッと射《さ》してきた。

百姓たちが眩《まぶ》しそうに顔を向ける。戸口に立った男を見た。

「乙名《おとな》の清八《せいはち》さんか」

四角い顔の百姓が言った。

乙名とは、百姓の顔役のことである。清八は暗い台所に入ってくるなり、なにやら嬉《うれ》しそうに、皆を見回した。

「おう。みんな、集まっとるだな」

丸顔の老人が顔をしかめた。

「清八さんが、政五郎についてと物申したいことがある、言うたから集まったんじゃやねぇか」

「おう。そうじゃ」

清八は笑顔で頷き、なにやら自信ありそうに胸を張った。

極めて場違いで、訝《いぶか》しい態度である。百姓たちは首を傾《かし》げた。

「どうしてそんなに笑っとるだ。政五郎をどうするか、良い思案でもあると言うだか」

老人が訊《たず》ねた。清八は頷いた。

「おう。あるぞ、じっちゃん。今日はその件で、皆に集まってもらっただ」

清八は台所の戸をさらに大きく開けた。

「さぁ、どうぞ、お入りくだせぇ」

黒い人影が戸口に立った。三度笠《さんどがさ》を被《かぶ》り、合羽《かっぱ》を着けている。

「江戸の公事宿《くじやど》、卍屋《まんじや》の、三代目甲太夫《こうだゆう》さんだ」

清八が自慢げに紹介した。百姓たちは「ええっ」と声を上げた。

「あの、噂《うわさ》に名高い……」

「ほうぼうの悪党を懲らしめて回っていなさるという……」

「あんたが、あの、三代目甲太夫さんかい！」

黒い影は三度笠の紐《ひも》を解《ほど》いて、笠を取った。ツルリとした丸顔に軽薄な笑みを浮かべながら一同を順に見回した。

「手前が卍屋甲太夫にございます」

ますます蕩《とろ》けるような笑顔を浮かべると、

「なにやらお困りのご様子。手前で良ろしければ、ご相談にのりましょう」

急な話に、百姓たちは唖然茫然《あぜんぼうぜん》として声もない。

「なぁに。手前が公事を受けるからには必ず勝ちます。どんな悪党であろうと、恐れるものではございません」

三代目甲太夫は「へらへら」と笑った。

二

それより十日ほど前——。

梅の花弁《はなびら》が一片《ひとひら》、二片、風に舞っている。いかさま師が立つ縁側の板敷きにも、紅梅の花弁が散っていた。

いかさま師は足元に落ちた花弁を見つめて、ニンマリと微笑《ほほえ》んだ。

剝《む》きたてのゆで玉子に目鼻を描いたような——などと評される顔だちだ。至って邪気のない笑顔なのだが、それがなにゆえか、かえって剣呑《けんのん》にも見える。

「やいッ、薄ッ気味の悪《わり》いツラで笑ってるんじゃねぇ！」

などと、早速にも悪罵《あくば》を浴びせられた。

悪罵を浴びせてきた四十男は、人呼んで〝向《む》こう傷《きず》ノ伝兵衛《でんべえ》〟。関八州《かんはっしゅう》の街道筋では少しばかり名の通った悪党である。顔面に大きな刀傷があって、その面相を見ただけで、子供は引きつけを起こして泣きだす。大の大人でも好んで目を合わせる者はいない。

しかし、いかさま師は、蕩けるような笑顔を伝兵衛に向けて、朗らかに答えた。

「すっかり春爛漫《らんまん》だなぁ、と、思いましてねぇ」

そういう本人こそが春風駘蕩《しゅんぷうたいとう》を絵に描いたようだ。

「手前ェの頭ン中のほうが、よっぽど春だぜ」

伝兵衛は、刀傷のせいで醜くひきつった顔をしかめた。

「手前ェ、己の立場がわかってるんだろうな？　白狐《びゃっこ》ノ元締は、手前ェを試しに活《い》かしておいていなさるだけだ。役に立たねぇと見限られたら、簀《す》巻《ま》きにされて殺されちまうんだぞ！」

浅草に根を張る香具師《やし》の元締の郷右衛門《ごうえもん》。またの名を白狐ノ元締は、悪党どもをも震え上がらせる、冷酷非情な男だ。

伝兵衛は、自分自身がその恐ろしい仕置きに遭うかのような顔をした。顔面からも血の気《け》が引いている。しかしそれでもいかさま師は、ヘラヘラと薄笑いを浮かべつづけた。

「向こう傷の親分さんのお取りなしで、どうにかなりましょう」

「馬鹿ァ抜かせ！」

　邪気のない笑顔も時と場合によりけりで、気障りなことこのうえもない。

「だいたい、手前ェが元締に千両もの損金を被らせるから、こういうことになったんじゃねぇか！」

　いかさま師は乾いた声で笑った。

「ハハハ、そうでしたっけねぇ」

「そうでしたっけ——じゃねぇ！」

「ですから、その千両を穴埋めしようと苦心している最中でございましてね」

「穴埋めができなかったら、手前ェだけじゃねぇ！　ケツ持ちをしているこの俺だって、殺されるかもわからねぇんだぞ！」

　このいかさま師を活かして使うように勧めたのは伝兵衛だ。つまりはケツ持ち（保証人）である。

「手前ェが千両を拵《こしら》えることができなかったら、この俺だってタダじゃあすまされねぇんだぞ！」

代わりに千両を作るように命じられるか、それができなかったら殺されるか。伝兵衛は真っ青な顔で震え上がった。

「それなのに、手前ェときたら……。先の騒動でも、手に入れた金は、たったの三十両じゃねぇか！」

村を支える用水池の一つを潰《つぶ》すような大騒動だったのに、結局、それきりの金にしかならなかった。

「それっぱかしの金で、元締が堪忍してくださるわけがねぇ！　金を作るだけの能がねぇと知れたら、元締は、すぐにも手前ェをお仕置きなさるぜ！」

「手前を殺してしまったら、千両は二度と戻ってきませんよ。千両の穴埋めがなるまでは、元締は手前を――もちろん向こう傷ノ親分も――お手に掛けたりはなさいませんでしょう。ま、大船に乗ったつもりでいてやっておくんなさい」

「手前ェが他人《ひと》を乗せるのは大船なんかじゃねぇ。口車だ！」

「ハハハ、上手《うま》いことを仰《おつしや》る」

「笑い事じゃねぇって言ってんだろうが！」

二人は縁側を回って、母屋の奥に建つ離れ座敷に向かった。

庭を囲った塀の向こうから、浅草寺《せんそうじ》奥山《おくやま》の喧騒《けんそう》が聞こえてくる。白狐ノ郷右衛門は浅草寺の裏手に根城を構えていた。

＊

離れ座敷の雨戸は厳しく閉ざされていた。雨戸には鉄板が張ってあるとも噂されている。雨戸を閉ざせば昼でも暗い。郷右衛門はその薄闇《うすやみ》の中に、腰を下ろしていた。

江戸の暗黒街の顔役ともなると、滅多なことでは表に顔を出さない。郷右衛門の縄張りを狙う者は多い。敵対する組織の刺客《しかく》はもちろんのこと、味方にだって、心を許すことはできないのだ。いつなんどき凶刃《きょうじん》が斬《き》りかかってくるか、鉄砲玉が飛んでくるか、わからない。用心深い郷右衛門は、離れ座敷の闇の中からけっして出ようとはしなかった。

「ううっ、ここは寒いですねぇ」

いかさま師が呑気《のんき》な顔つきでそう言った。闇の中から郷右衛門が睨《にら》みつけているのに、さして気にする様子も見られない。

たしかにこの奥座敷は寒い。雨戸で陽《ひ》が遮《さえぎ》られているからだ。おまけに離れの周囲には木や竹が植えられ、さらには高い塀で囲まれている。

　闇の中から嗄《しわが》れた声が響いてきた。

「寒さに震えていられるのも今のうちだぜ、いかさま野郎。大川の水底《みなぞこ》に沈んじまったら、暑いも寒いもねぇ」

　郷右衛門は火鉢を抱えて、さらにはどてらを羽織っていた。そろそろ還暦を迎えようかという年齢で、頭髪は真っ白である。若いころから白狐ノと異名をとるほどの色白であったのだが、ここ数年は、ほとんど陽光に当たっていないせいで、ますます肌の色が白くなってきた。

「やいっ、俺の千両はどうした。いつになったら耳を揃《そろ》えて返しにきやがるんだ」

　そう凄《すご》まれても、いかさま師はヘラヘラと笑っているばかり。一方の伝兵衛は、この寒さにも拘《かか》わらず、全身に冷汗を流して答えた。

「それでしたら、近いうちに必ず――」

「やいっ」と、眼光鋭く、郷右衛門が伝兵衛を睨みつけた。

「愚にもつかねぇ言い訳なんぞに耳を貸すつもりはねぇ！　とっとと千両持ってくるか、観念して命を差し出すか、どっちかにしろィ！」

「ま、待っておくんなせぇ、元締！」

　伝兵衛が片手を突き出しながら訴える。

「この野郎が公事師になり果《おお》せて、金をだまし取ってきたのは、確かな話なんで！」

　この春先、いかさま師と伝兵衛は、上州の村で起こった論争に介入して、名主の仁《に》右衛門《えもん》の悪事を暴き、仁右衛門の姪《めい》で名主の後を継いだお仙《せん》から三十両の礼金を受け取った。いかさま師はそのうちの二十両を、千両の損金の穴埋めとして、郷右衛門に上納したのであるが――、

「それっぱかしの金じゃ、利息にもなりゃしねぇよ！」

　郷右衛門はかえって立腹するばかりだ。

「二十両の金で、この俺を誤魔化《ごまか》そうったって、そうはいかねぇぞ」

　そもそも悪党というものは、生まれつき異常に短気である。極端に短気な性格だから悪党にしかなれなかった、と言ってもいい。

「ま、俺とお前ぇたちの仲だ。利息まで取ろうとは言わねぇ！　さぁ、残りの九百八十両！　さっさと寄越してもらおうかい！」

　否と言おうものなら、すぐにも手下どもを呼びつけて、簀巻きの用意を命じよう

か、という形相《ぎょうそう》だ。伝兵衛は冷汗の滴を飛び散らす勢いで焦った。

「ま、待っておくんなせぇ！　今、コイツを殺しちまったら、千両の金は二度と戻ってはきませんぜ！」

いかさま師の言い分を、そっくりそのまま言上《ごんじょう》する。

「このいかさま野郎は、活かして使ったほうが為になるって話なんで……」

郷右衛門は厳しい顔つきで莨盆《たばこぼん》を引き寄せると、煙管《キセル》で一服つけた。スーッと紫煙を長く吐き出して、黙考してから答えた。

「……公事宿仲間にまんまと潜り込んだ、コイツの手際は買ってやってもいい」

公事師は公事宿仲間という組合に所属して、初めて公事師として活動することが許される。一種の免許である。

公事宿仲間は幕府の差配を受ける公的な機関なので、そこに詐欺師が潜り込んだ、というだけで（犯罪社会では）快挙なのだ。

伝兵衛は額の汗を指で拭《ぬぐ》った。

「へい……。あっしも、そこんところを見込んで、このいかさま野郎の後《うし》ろ楯《だて》を買って出たんでござんす……」

郷右衛門は「フン」と鼻を鳴らした。

「それで手前ェ、次の仕事の目処《めど》は立っているのか。二百両や三百両、軽く騙《だま》し取れる公事はねぇのかよ」

「そんな篦棒《べらぼう》な──」

吹き出しかけたいかさま師を慌てて遮って、伝兵衛が答えた。

「へい！　きっと、必ず、そんな公事を見つけ出しやして、公事を引っかき回せるだけ引っかき回して、大金をせしめてご覧に入れまさぁ！」

郷右衛門は、渋い顔つきで首を傾げている。

「やい伝兵衛。手前ェはなんでか知らん、このいかさま野郎に入れ込んでるようだが、公事をかき回して金をせしめようってのは、少しばかり胡乱《うろん》な話だぜ」

「と、仰いますと？」

「考えてもみやがれ」

郷右衛門は伝兵衛をジロリと睨んだ。

「公事ってのは、事の正邪を見極めるためにやるもんだ」

「へい。その正邪をひっくり返してやろうって魂胆なんで。オイラたち、関八州の裏を知り尽くした悪党と、公事師になったこの野郎とが手を組めば、負け公事をひっくり返して勝ち公事に持ち込むことだってできやすぜ。そうすりゃあ、勝ったほうは俺たちに、いくらでも礼金を寄越すことでござんしょう」

「だがよ、お上《かみ》は、まんざら馬鹿じゃねぇ。否、まんざら馬鹿かも知れねぇが、お前ぇみてぇな大馬鹿よりはずっと賢いぜ。賢い役人が正邪を見極めようとするんだ、そりゃあ確かに正義が勝つぜ。お前ぇみてぇな小悪党がどんだけ張り切ったところで、お上に勝てるわけがねぇ」

　いかさま師はニコニコとしながら頷いた。

「まったく、仰る通りでございますよ」

「やいっ、いかさま師！」

　伝兵衛は小声で鋭く窘《たしな》めながら、いかさま師の袖《そで》を引いた。耳元で続ける。

「己の立場がわかっているのか！　手前ェが役に立たねぇってことになったら、簀巻きだぞ！」

　それでもいかさま師は面白そうに微笑んでいる。目をまっすぐに、郷右衛門に向けられていた。

「元締には、なにか良いご思案がございますかね？」

　郷右衛門はいかさま師を睨みつける。

「なんでぇ、その嬉しそうなツラは」

「手前は、元締が、手前の使い道を思いつかれたんじゃないのか、と、そう思ったまででして」

「フン、気色《きしょく》の悪い野郎だ」

「それで、手前をどう使って、悪銭を稼ぐおつもりですかね。良策がおありなんでしょう？」

「ねぇでもねぇ」

　郷右衛門は火鉢の前で背筋を伸ばして、腕組みをした。江戸の闇社会の首魁らしい姿と顔つきになった。

「公事に肩入れしたところで、手前ェが――つまり、卍屋甲太夫の三代目が――受け取る銭は、公事の手間賃と、せいぜい礼金だ。真っ当な稼業ならそれでもいいんだろうが、俺たちゃあ悪党だ。三代目甲太夫の正体がいつ露顕《ろけん》するとも知れねぇんだからな。太く短く稼がなくちゃぁいけねぇ」

「仰る通りでございます」

「となりゃあ、もっと大きく、引っかき回してくれる必要がある」

郷右衛門は鴨居《かもい》のほうなど見上げつつ、思案しながら続けた。

「関八州には大悪党どもが山ほどいやがる。お上の役人とつるんで、やりたい放題だ」

いかさま師は笑顔のまま頷いた。

「大親分衆のお力を借りないことには、公領を治めることも、ままなりませんからねぇ」

徳川幕府は四百万石ほどの直轄領を有していたが、それを支配しているのは勘定《かんじょう》奉行《ぶぎょう》所と遠国《おんごく》奉行所（佐渡奉行や長崎奉行など、全国の要所に派遣されていた）、関東郡代役所など、ほんの少数の役人たちであった。

少ない人数では領地の統治も、治安の維持もままならない。そこで幕府は、農村の統治は百姓の自治に任せ、治安の維持は街道筋や宿場の顔役（博徒などのヤクザ者）に委託したのだ。

白狐ノ郷右衛門は大きく頷いた。

「食えねぇ大百姓と、街道筋の大悪党が、役人と組んでの悪行三昧《ざんまい》。それが公領の有り様だぜ。弱い者はみんな、泣き寝入りをさせられていやがる」

そう言ってからニヤリと口許《くちもと》を歪《ゆが》めて笑う。

「弱い者を食い物にしてる、このオイラが言うんだから、間違いのねぇ話さ」

いかさま師は遠慮なく頷いてから、訊ねた。

「それで、何をどうしようというお考えなので？」

郷右衛門は上目づかいに、いかさま師を凝視《ぎょうし》した。肌の色も白いが、光彩の色も薄い。鳶色《とびいろ》の目が怪しく光った。

「三代目甲太夫の出場《でば》は、そこだぜ」

「と、仰ると？」

「卍屋甲太夫の三代目は、どんな大悪党も、不逞《ふてい》役人も恐れねぇ……って噂だ」

「そのように噂されていますね。それは手前じゃなくて、お甲《こう》ちゃんの手柄なんですけどね」

郷右衛門は無視して続けた。

「公領の百姓や領民が公事を起こすのを待つんじゃなくて、三代目甲太夫サマが誘いをかけたらどうだえ？　大悪党どもに痛めつけられている弱虫どもを焚《た》きつけて、公事に打って出るように勧めるのよ。その公事に勝ちさえすれば、悪党どもがしこたま貯め込んだ悪銭が世の表に出てくるはずだぜ」

「そうでしょうねぇ」

いかさま師は他人事みたいな顔つきで頷いた。

「その悪銭は、本来の持ち主、つまりお百姓衆とお上に、返されるのでしょう」

「丸ごと返してやるこたぁねぇ。お上が押える前ぇに、卍屋の手で上前を撥《は》ねちまえばいい」

「それは、たいした悪だくみですねぇ」

「悪党退治の礼金だ。世直し大明神に賽銭《さいせん》を出したと思えば安いもんだ」

「そんなものですかね」

「手前ェだって命懸けで大悪党どもと戦うんだ。それぐれぇの役得がなくちゃ、やっていられめぇ」

「その銭も、ぜんぶ元締にお納めするんですけどね」

「当たり前ぇだ！　この俺に千両もの損を被らせておきながら、偉そうな口が利ける立場か」

「まったくでございます」

「必ずしも悪党を叩き潰すには及ばねぇ。向こうが手打ちを望むんだったら、手前ェが公事を負けてやればいい」

「で、金だけたんまり頂戴《ちょうだい》しようという魂胆ですかね」

「そういうこった。悪党どもが貯め込んだ金を頂戴したうえに恩を売るんだ。面白《おもしれ》ぇことになりそうじゃねぇか」

「ええ、まったくです」

いかさま師はまったく動じずに微笑んでいる。

「手前ェもたいした大悪党だぜ……」

伝兵衛が呆《あき》れたような顔つきで呟《つぶや》いた。

「やい、伝兵衛」

元締の郷右衛門に突然に呼び掛けられて、伝兵衛は背筋を伸ばして「へいっ」と答えた。郷右衛門は顎《あご》をクイッとしゃくって、いかさま師を示した。

「聞いていただろう。手前ェはコイツの手伝いに回れ」

「へいっ、ええと……」

　頭の中で考えてから答える。

「密《ひそ》かに大金を隠し持っていそうな悪党を見つけ出せばいいんですね？」

「そうだ」

「それでしたら、あっしの兄弟分の、五郎八《ごろはち》ってのがおりやす。あっちこっちの賭《と》場《ば》や貸元《かしもと》にツラを出して、方々《ほうぼう》で不義理を重ねていやがる小悪党でやすが、そんなこともあって、方々の事情に詳しいんで」

「それでいい。そいつを使え」

「へいっ！　合点《がってん》だ！」

　伝兵衛は這《は》いつくばって低頭した。（とりあえず、いかさま師と一緒に簀巻きにされるのだけは、免《まぬが》れたようだ）と安堵《あんど》した。

「やいッ、手前ェも頭を下げねぇかいッ」

　伝兵衛はいかさま師を肘《ひじ》で小突いた。

　いかさま師はニヤニヤと笑っている。

三

夜。雨が降っている。春とはいえども冷たい雨だ。笠の端を、滴が流れ落ちていった。

お甲は宿《しゅく》の外れの地蔵堂の前に立っていた。笠を被り、雨よけの合羽を着けている。斜め後ろには下代頭《げだいがしら》の菊蔵《きくぞう》が立ち、さらには、屈強なツラつきの下代たちが六人ばかり、真っ黒な影に変じて取り囲んでいた。

パシャパシャと泥水を撥ねあげながら源助《げんすけ》が走ってきた。道の先にある常夜灯の明かりが反射して、蓑《みの》から飛び散る水滴が銀色に光って見えた。

源助は息せき切ってお甲に告げた。

「確かに臥煙《がえん》ノ岩八《がんぱち》でござんした。人相書きにあった通りだ。あのツラを見間違《みまちげ》えるわけがござんせん」

お甲はわずかに顎を引いて頷いた。鋭い眼光を光らせながら問い返した。

「岩八は、今は？」

「へい。宿の飯屋の主《あるじ》が、貸元気取りで賭場を開帳していやがるんで。岩八は大の博打《ばくち》好き。血走った目で盆茣蓙《ぼんござ》を睨みつけておりやすぜ」

「見張りは」

「伊太郎《いたろう》兄ィが同じ盆茣蓙を囲んでおりやす」

伊太郎も卍屋の下代の一人である。

お甲はチラリと視線を道の先に転じた。闇の中にいくつかの明かりが連なって見える。油を塗った障子《しょうじ》紙越しの、細々とした明かりだ。粗末な家並みが闇よりも黒い影となっている。関八州の何処《どこ》でも見られる、貧しい宿の佇《たたず》まいであった。

宿とは農村に付属する商店街である。お甲の目の前に広がるその宿は、廃墟《はいきょ》が建ち並んでいるのか、と思えるほどに見すぼらしかった。農村が貧しければ、宿も貧しくなるのが道理であった。

「岩八の野郎め、こんな田舎に潜り込んでいやがったのか」

下代頭の菊蔵が顔をしかめて吐き捨てた。

「道理で、お上のお手配にも引っ掛からねぇわけだぜ」

下代頭は旅籠《はたご》でいえば番頭に相当する。しかし菊蔵の顔つきはヤクザ者よりも険《けわ》しく、凄味がある。公事宿は並の旅籠とは違う。悪党が相手の荒事もこなした。菊蔵は五十絡《がら》みの年格好だが、この歳《とし》になるまで卍屋の下代を務めて、無数の悪党どもと渡り合ってきた。顔つきが殺気走るのも当然であった。

菊蔵はお甲に目を向けた。

「ご名代《みょうだい》、どうしやす。岩八は人相書きの回った凶状持《きょうじょうも》ちだが、うちの稼業とは関わりがねぇ」

お甲は少しばかり考え込んだ。

「岩八の御手配書は、町奉行所から出たものだ。あたしら公事宿は、御勘定奉行所のご支配だよ」

「へい」

お甲は顔を上げた。

「だけどまぁ、町奉行所に貸しを作っとく、ってのも、悪い話じゃない」

菊蔵はニンマリと笑って頷いた。

「へへッ、そうこなくっちゃ面白くねぇ」

この男は五十にもなって血気盛ん。生まれついての喧嘩《けんか》好きだ。

「今は代替わりの大《で》ぇ事な時だ。凶状持ちをふん捕《づか》まえて町奉行所に突き出して、三代目の名と評判を上げるってのも大ぇ事な――おっと、こいつぁ口が滑りやした」

お甲にジロリと睨まれて、菊蔵は頭を掻《か》いた。

辰之助《たつのすけ》が走ってきた。まだ十代の若い者だが、身のこなしがすばしっこいので重宝されている。

「裏口はひとつしかありやせん。厠《かわや》に出るための土間なんでやすが、寅二郎《とらじろう》兄ぃた ちが塞《ふさ》いでおりやす」

「やれやれ。とんだ大捕り物になったね」

お甲が呆れたように言う。菊蔵は不敵な笑みを浮かべながら、しごきを取り出して袖に襷《たすき》を掛けた。

「大人数で乗り込めば、それだけ早く片がつくってもんです」

お甲は手にした扇をサッと振った。黒い影となった下代たちは、一斉に、宿の賭場へと走っていった。

＊

一膳飯屋の奥に板ノ間があって、そこには盆茣蓙が敷かれていた。店の主が一端《いっぱし》の侠客《きょうかく》気取りで火鉢の前に陣取っている。壺を振るのは、近隣の村で生まれた悪《あく》たれ（素行不良の若者）であろうか。身体《からだ》ばかりが大きくて、気の利かなそうな顔つきだ。

「さぁ、丁方ないか！　丁に張った！」

丁半の駒数を揃えるべく、丁に張るように促す。駒の並んだ盆茣蓙を囲んで十人ばかりの客が、伏せられた壺を睨みつけていた。

卍屋の下代、伊太郎は、二十代半ばの、ちょっと見には垢抜《あかぬ》けた優男《やさおとこ》であった。江戸から出てきた行商人に扮《ふん》して、賭場の隅に座っていた。ときおり岩八に目を向けるが、岩八は博打に夢中になっている。壺振りだけを睨みつけて、伊太郎が横顔を窺《うかが》っていることになど、まったく気づいた様子もなかった。

（ありゃあ、本物の悪党のツラつきだぜ）

伊太郎は少しばかり呆れ顔で思った。

岩八は瞬《まばた》きもせず、血走った目で壺振りの手許《てもと》を凝視している。

良きにつけ、悪《あ》しきにつけ、異常なまでに夢中になって我を忘れる。社会の常識も善悪も埒外《らちがい》に置いてしまう――というのが、凶状持ち（凶悪犯）の特徴だ。

（あの野郎、今は博打に勝つことしか頭にねぇ。博打に勝つためだったら人だって

殺しかねねえぜ）

　伊太郎はそう見て取った。

「お客人！」

　いつまでも駒を張らない伊太郎に、壺振りが声を掛けてきた。

「ここは〝見《けん》〟ですかい」

　見とは駒を張らずに様子見をすることだ。

「いや」

　伊太郎は無造作に駒を置いた。

「丁だ」

　田舎の宿の賭場である。駒一枚の値も安い。負けたところでどうということもない。

「丁半駒揃いました！　勝負！」

　客たちが身を乗り出して壺を見つめる。壺振りが壺を上げた。

「五四《ぐし》の半！」

　客たちは一斉にどよめいた。

「やったぜ」

と、相好《そうごう》を崩したのは岩八である。得意気な笑顔を左右に向けた。伊太郎の座る場所からも、岩八の顔の、向こう半分が覗《のぞ》けた。

岩八は、顔の半分に大きな火傷《やけど》を負っていた。江戸でこの男は、大名火消の臥煙(火消人足)を務めていたのである。顔の火傷は火事場で負ったものだ。それだけならば名誉の負傷で、火消の間で一目置かれる兄貴分となれたであろうに、こともあろうに岩八は火事場泥棒を働いて、それを見咎《みとが》めた組頭を鳶口《とびくち》で殴り、怪我《けが》を負わせて逃げたのだった。

(あんなに目立つツラつきで、逃げ果せると思っていやがるんだから、とんだ大馬鹿野郎だぜ)

伊太郎は内心苦笑した。岩八はすっかり上機嫌で、倍になって戻された駒を自分の前に並べ直した。

「どうやら俺にも運《ツキ》が巡ってきたようだぜ!」

誰にともなく、そう叫んだその時であった。

バーンと大きな音を立てて表戸が蹴り破られた。

「なんだ！」

貸元を始め、その場の全員が一斉に驚いて顔を上げた。もとより粗末なあばら家だ。柱や梁《はり》まで大きく揺れた。

荒々しい足音が踏み込んでくる。土間で草鞋《わらじ》を脱いだ気配はない。奥ノ間の障子がパーンと開かれた。暗い座敷に龕灯《がんどう》の灯が向けられた。

龕灯の向こう側で、真っ黒な影となった男が叫んだ。

「臥煙ノ岩八！　お手配書が回って来ているぜ！　これから江戸まで引っくくって行く！　神妙にしやがれ！」

「なんだとっ」

岩八が血相を変えて立ち上がった。『俺が岩八だ』と言わんばかりだ。

「おうっ、手前ェが岩八かい」

龕灯の明かりが一斉に岩八を照らす。

「おうっ、その火傷ヅラは間違いねぇ。臥煙ノ岩八だ」

そう言ってせせら笑った影は菊蔵であった。岩八がタジタジと後退《あとずさ》る。代わりに踏み出してきたのは貸元だ。

「てっ、手前ェら、どこの回し者《もん》だ！」

菊蔵は答えた。

「夜分にお騒がせして申し訳がねぇ。あっしらの目当ては凶状持ちの岩八ひとりだ。あっしらは八州廻《まわり》の道案内じゃござんせん。賭場の貸元にも、お客人の衆にも、手を出すつもりはねぇんで。ちっとばかしの間、静かにしていておくんなせぇ」

「断りもなく土足で踏み込んできやがって『静かにしていろ』だと！　田舎侠客だと見て馬鹿にするのもいいかげんにしろ！」

「そいつは申し訳がねぇ」

菊蔵は形ばかり、頭を下げた。

「名乗り遅れやしたが、あっしらは卍屋の下代衆にござんす。いずれ親分さんには、甲太夫のほうから今宵《こよい》の詫びが入れられることと存じやす。それまでは堪《こら》えてやっておくんなせえ」

貸元の顔つきが一瞬にして変わった。薄暗い中でもはっきりわかるほどに血の気が引いていく。

「卍屋甲太夫！　噂の三代目か！」

「お聞き覚えでござんしたかい」

菊蔵は嬉しそうに微笑んだ。もっともこの男の場合、微笑むほどに気味の悪い人相になるのだが。

「くそっ！」

いきなり身を翻《ひるがえ》したのは岩八であった。裸足《はだし》で土間に飛び下り、裏口から逃げようとした。しかし、戸を開けて外に飛び出したところで、

「ギャッ！」

悲鳴を上げて背中から土間に転がり戻ってきた。

「逃がすもんかよ」

裏口から踏み込んできたのは、卍屋の下代、寅二郎だ。ガッチリとした骨太の体格で、胸板は厚く、腕は丸太のように太く、握り拳《こぶし》は石礫《いしつぶて》のようだ。岩八はこの拳骨《げんこつ》で一撃を食らって、真後ろに吹っ飛ばされたのだ。

「く、くそっ！　捕まってたまるか！」

土間に尻餅をついたまま、岩八が懐《ふところ》をまさぐる。隠し持っていた匕首《あいくち》を引き抜くやいなや、さすがは臥煙の身のこなしで立ち上がった。

「ひゃあっ！」

刃に怯《おび》えた客たちが逃げまどう。ただでさえ狭い賭場は大混乱だ。火鉢の鉄瓶《てつびん》がひっくり返って盛大な灰神楽《はいかぐら》があがった。

岩八は滅多やたらに匕首を振り回した。奇声を上げげつつ威嚇《いかく》する。

「ジタバタするんじゃねえッ」

岩八に向かって叫んだのか、うろたえる客たちに向かって言ったのか、菊蔵が吠《ほ》えた。

卍屋の若い下代たちが岩八に躍り掛かっていく。岩八は必死だ。摑《つか》みかかる腕を振り払う。匕首を手にしているのでさしもの下代たちもうっかりと近寄れない。その隙《すき》を突いて、岩八は下代たちを蹴り倒すと包囲の輪を逃れた。表口を目指して走り出した。

その時、岩八の前に一人の若い女が立った。岩八は「しめた！」という顔をした。咄嗟《とっさ》に、その女を人質に取ろうと企《たく》んだのに違いなかった。

岩八は腕を伸ばして女を捕まえようとした。女は身構えもせずに立っている。腰帯に差してあった扇子《せんす》を無造作に抜いた。女の細腕が一振りされた。

「ぎゃあっ！」

岩八は悲鳴を上げた。手首を扇子で打たれたのだ。

その衝撃は尋常ではなかった。手首が異様な形にねじ曲がっている。骨を砕かれたのだと一目で知れた。

その女――お甲が手にしていたのは、ただの扇などではなかったのだ。見た目こそ女人の持ち物に相応《ふさわ》しい、漆塗りの扇であったのだけれど、開くことはできない。扇に見せかけた鉄の延べ板、すなわち鉄扇であったのだ。

鉄の延べ板で打ち込まれてはたまらない。

「ぐわああっ……」

岩八はその場に跪《ひざまず》いた。手首を押えて悶絶《もんぜつ》する。

「今だ！　縄を掛けろ！」

菊蔵が指図し、下代たちが捕り縄を手にして襲いかかる。骨の折れた腕を容赦なく背中に絞り上げた。

「ぎゃあっ！　やめてくれ！　堪忍してくれ！」

岩八は泣き叫んだ。滂沱《ぼうだ》の涙ばかりか鼻水まで垂らしている。

菊蔵はいささか呆れた顔つきで、

「大人しくしていれば、添え木ぐれぇは当てててやらぁ」

と言い聞かせた。

岩八は何度も頷いた。

「大人しくするッ。逃げたりはしねぇ！　だから、添え木を……ああ、痛くってたまらねぇよォ！」

「まったく、悪党ってヤツは、いざとなると、からきし、だらしがねぇ」

とはいうものの、この泣き顔も小狡《こずる》い策略かもしれない。ここで縄を緩《ゆる》めたりしたら、隙を見て逃げだすかもわからない。

「……腕に添え木を当ててやる前に、足のほうも、一本ぐらい折っておけ」

菊蔵は下代たちに命じ、岩八は恐怖の叫びを上げた。

四

千住大橋《せんじゅおおはし》は江戸の府内と郊外との境界である。橋を渡ればそこは江戸。南北の町

い。そこで名代という、とってつけたような肩書を名乗った。

槇田は不機嫌そうに、一つ、頷いた。

「勘定奉行所の相原《あいはら》様より報《しら》せを受けて参った。手配の岩八を捕らえたそうだな」

まるで悪党を詮議するような目をお甲に向けてきた。町奉行所が手配書を回した悪党を捕まえてやったというのに、である。

短気な菊蔵は「ムッ」と顔色を変えたが、お甲は素知らぬ顔つきで低頭した。

「いかにも仰せの通りにございまする。岩八は、これに」

手のひらを縄付きの悪党に向けた。岩八は恐怖を通り越して茫然自失、といったありさまで、目を空のほうに投げていた。

槇田は無言で顎をクイッとしゃくった。

町奉行所の捕り方が、その意を察して「ハッ」と答えて前に出て、岩八を縛る縄を、卍屋の下代の手から奪い取った。

この態度には、下代たちも一斉に顔色を変えた。

捕り方たちも（文句があるのか）とばかりに睨み返してくる。

槇田の家の小者は、三十ばかりの男であったが、口許を斜めに歪めると、

「なんでぇ、卍屋の男衆は、このお江戸で、町奉行所を相手に喧嘩をしようっていうのかい」

と、冷笑した。お上の威光を笠に着た振る舞いだ。

町奉行所の小者や捕り方が相手では喧嘩にならないのは事実だ。一方的に裁かれて、島流しにでもされてしまうのが関の山である。卍屋の下代たちは歯噛《はが》みして引き下がった。

お甲だけは余裕の笑みを浮かべている。槇田に目をまっすぐに向けた。

「公領で捕らえた悪党でございますので、御勘定奉行所にてお裁きを加えるところでございましたが、支配勘定の相原様の仰せにより、『町奉行所で手配書を回せし悪党ゆえ、町奉行所に差し渡すよう』と命じられて参った次第。御勘定奉行所のご支配を受ける我ら公事宿の者どもが、どうして相原様の御命《ごめい》に逆らえましょうか。どうぞ、この悪党は、北町奉行所にてお裁きをお下しくださいますよう」

白々しい口調でそう言って、形ばかり頭を下げた。

槇田家の小者と捕り方たちは、一斉に鼻白んだ顔をした。

勘定奉行所の支配勘定（役職名）を持ち出されると、さしもの同心も顔色がない。

支配勘定は役料百石の御家人《ごけにん》である。一方、町奉行所の同心は家禄が三十俵。士族ではあるが侍ではない。刀は差しているが、身分は足軽《あしがる》だ。家禄百石の御家人と、三十俵の足軽とでは、やはり喧嘩にならないのであった。

槇田は苦々しげな口調で答えた。

「岩八の身柄は確かに受け取った。相原様には、こちらから礼を申しておく」

卍屋には礼を言うつもりはないようで、岩八を引っ立てると背を向けて、去って行った。

「なんでぇ！　威張り腐りやがって！」

まだ二十歳《はたち》前の辰之助が唇を尖《とが》らせた。お甲は苦笑しながら、横目を向けた。

「まぁ、そう、むくれるもんじゃないさ。町奉行所は町奉行所で、悔しい思いをしているんだからね」

辰之助は不思議そうな顔をした。

「どういうこってす？　悪党を捕まえてもらっておきながら、なにが悔しいっていうんで？」

「自分たちの手で捕まえられないことが、悔しいのに決まってるじゃないのさ」

「と、いいやすと？」

「南北の町奉行所はね、江戸の外には出られないのさ。悪党が江戸の外に逃げちまったら、もう手も足も出せやしない。御手配書を回して、御勘定奉行所やお代官様に捕まえてもらうしかないのさ」

江戸の近郊には、徳川家の公領と、旗本の私領、大名家の飛び地などが広がっている。それぞれ支配者が異なるので、悪人の捕縛《ほばく》はなにかと面倒が多かった。

「へぇ！　それで町奉行所の捕り方どもめ、鳶《とんび》に油揚げをさらわれちまったみてぇなツラをしていやがったんだな！」

「面白ぇことを言うじゃねぇか！」

菊蔵が笑い、下代たちも一斉に笑った。

「そういうこと。煮え湯を飲ませたのはあたしらのほうさ。そう思って、ここは機嫌を直すんだね」

お甲がそう言うと、下代たちは「へいっ」と答えた。

「さぁ、馬喰町《ばくろちょう》の卍屋に戻るよ。公事の下準備をするはずが、とんだ捕り物になっちまった」

お甲たち卍屋の一行は、依頼された公事を勝訴に導くために、広い公領で証拠や証人を集めていたのである。凶状持ちの岩八を発見したのは偶然《たまたま》のことであったのだ。

「これで卍屋の名が売れて、北町奉行所にも貸しができたというのなら、安いもんでさぁ」

菊蔵がそう言い放ち、お甲も笑って頷き返したのであったが——、その表情はすぐに曇った。

名を上げたのは卍屋甲太夫の三代目。それはすなわち、お甲に他ならないわけだが……、

（評判はぜんぶ、あの男のものになる）

ゆで玉子に目鼻を描いたような、つるっとした色白の、にやけきった顔つきが脳裏に浮かんだ。

名も在所も知れない謎の男だ。

（あんな男が、三代目甲太夫の名を背負うなんて……）

しかも表向きには、その男は、お甲の婿、ということになっているのである。勝

気なお甲に堪えられる話ではない。

（すぐにも見つけ出し、膝詰《ひざづ》めで談判して因果を含ませて、この江戸から追い払ってやらなくては）

簀巻きにして大川に投げ込んでも飽き足りない――などと物騒なことまでチラリと思案するお甲であった。

五

「おいっ、いかさま師！　起きろ！」

上掛けの夜具を引き剝がされて、さらには手荒く足蹴にされた。いかさま師は華奢《きゃしゃ》で細身の体格である。板敷きの床の上をゴロンと転がった。

「なんですね……、どうして手前を起こすんです。いい気持ちで寝ていたのに……。しかも、ずいぶんと乱暴な……」

上半身を起こし、眠い目を擦《こす》りながら見上げると、目の前に黒い巨体がヌウッと立ちはだかっていた。

「『どうして起こすんです』じゃない。朝だ。誰もが起きだす頃合いだ」

「はぁ……。でも、まだこんなに暗いのに」

ろくに陽も差し込まない裏長屋の、しかも棟割りと呼ばれる狭い部屋だ。浪人、榊原主水《さかきばらもんど》の姿はすっかりと闇に溶け込んで、真っ黒な影になっている。

「朝日の差し込まない部屋は、冬は寒くてたまらないですけど、朝寝をするにはうってつけですねぇ」

「いいから退《ど》け！　わしはこれから寝るのだ！」

榊原主水は賭場の用心棒で日銭を稼いでいる。夜の仕事なので昼間は寝ている。着の身着のまま、寝間着すら持たない一張羅で、いかさま師から奪い取った布団と夜具に潜り込んだ。

「せめて、袴《はかま》ぐらいはお脱ぎになったらいかがですかね」

いかさま師は他人事ながら進言したのだが、榊原主水は聞く耳を持たない。

この男は剣術修行で諸国を流れ歩いていたらしい。野宿が当然の暮らしを続けてきたせいで、寝間着に着替えるという習慣を捨ててしまったらしかった。

「表に伝兵衛が来ておったぞ。お前に話があるらしい」

顔を向こうに向けたまま、そう言った。

いかさま師は、雪隠《せっちん》に行って長々と放尿した。榊原の部屋は暗かったが、外はずいぶんと日が高い。いつもは井戸端でお喋《しゃべ》りをしている女房衆の姿も見えない。洗濯の時間はとっくに終わって、折れ釘《くぎ》拾いや、旅籠の掃除の手伝いなど、女人にもできる仕事に向かったのに違いなかった。貧乏人は皆、働き者だ。働かなければ生きて行けない。

口を濯《すす》いで木戸に向かう。表道に出て左右を見回すと、町内の隅にある稲荷《いなり》の社《やしろ》の参道に伝兵衛の姿があった。

いかさま師は薄ら笑いを浮かべながら、伝兵衛に歩み寄っていった。

「良いお日和《ひより》ですねえ。なんだか春を通り越して、汗ばむようじゃございませんか」

「なにを呑気な物言いをしていやがる！」

伝兵衛が向こう傷をしかめさせた。凶悪な面相で睨みつけたのだが、いかさま師は柳に風と受け流している。

「あなたも呑気なお顔をなさったほうがいい。この界隈《かいわい》ではまっとうな町人衆がお暮らしになっていますからね。悪人ヅラは目立ちます。お役人なんかを呼ばれたりしたらつまらない」

「悪人ヅラで悪かったな。ほっとけ」

いかさま師はニヤニヤしながら訊ねた。

「それで、なにか良い稼ぎ口がありましたかね？　大金になりそうなネタが」

伝兵衛は「おう」と答えた。

「あるから来たのに決まってるじゃねぇか。用もねぇのに手前ェのツラなんか拝みに来るかよ」

「はいはい。それで」

「早速だが手前ェ、旅の支度をしろい」

「旅？　手前をどこへ連れて行こうという魂胆ですかね？」

「下総《しもうさ》だ」

「はぁ。それならずいぶんと近い」

江戸があるのは武蔵国《むさしのくに》だが、大川（隅田川）を渡れば、そこは下総国だ。本所《ほんじょ》や深川《ふかがわ》、向島《むこうじま》などは武蔵国に編入されたが、いずれにしても、下総国は目と鼻の先にあった。

「深川や向島に遊びに行こうって誘ってるわけじゃねぇ。下総と言っても広いぜ」

「はぁ、それじゃあずいぶん遠くの下総ですかね？　成田山新勝寺《なりたさんしんしょうじ》とか」

「だから、物見遊山《ものみゆさん》に行くわけじゃねぇって言ってんだろ！」

いちいち調子が狂うぜ——とボヤきながら伝兵衛は続けた。

「どうやらな、五郎八が、うってつけのネタを摑んできやがったようなのよ」

「ほう」

「たんまりと悪銭を貯め込んでいそうな悪党が見つかったってわけだ」

伝兵衛は不気味にほくそ笑みながら、舌なめずりをした。

「それで、その悪党は、どこのどなたですかね」

「下総国は香取郡《かとりごおり》にある、笹島村《ささじま》って所にいる。大の百姓を行き方知れずにしていやがるらしい。村の百姓どもが恐れて言うには、『人食《ひとく》い鬼《おに》ノ政五郎』だ」

「人食い鬼……。おっかないお人がいたもんですねぇ」

いかさま師はちょっと驚いた顔つきで、しかしニヤニヤと笑った。

第二章　消える村人

一

いかさま師と伝兵衛が江戸を発《た》ってから三日ほどが過ぎた。昼下がり、お甲は卍屋の奥座敷に入り、文机《ふづくえ》を前にして、帳合《ちょうあい》（記帳）をしていた。

卍屋の主は甲太夫の三代目——ということになっているのだが、その男はどこの馬の骨とも知れぬいかさま師だ。宿の経営はすべて、お甲が見なければならない。

頭脳明晰《めいせき》で思い切りの良いお甲のことだ。十代の頃から、父親である二代目甲太夫を手伝って、宿の切り盛りをしていた。算盤《そろばん》を小気味よく弾《はじ》きながら、薪代《まき》の多寡を測っていた時であった。突然、障子の外でゴトンと音がした。

縁側の板敷きに何かが落ちたようだ。

お甲は鋭い目を向けた。帯に差してあった鉄扇を抜いた。

「誰？」

誰何《すいか》するが返事はない。人の気配も、まったく感じられなかった。

お甲は女人ながら公事師を志したほどであるから、この程度の怪事でいちいち怯えたりはしない。立ち上がると障子を細めに開いた。

昼下がりの庭が静かに広がっている。目を凝らしたが何者の姿も見当たらなかった。お甲は鉄扇を帯に戻した。

さらに大きく障子を開けて、縁側に目を下ろす。

「……これは？」

白い紙を丸めた物が、板敷きの上に転がっていた。

お甲はそっと摘《つま》み取った。

「投《な》げ文《ぶみ》か」

文字の書かれた紙に石を包んで、塀の外から投げ込んできたらしい。お甲は石を捨てると、皺になった手紙を丁寧に広げた。

「……あの男からか」

細い眉を不快そうに寄せながら、文面を読み始めた。

＊

「御免なさい」

卍屋の暖簾《のれん》をかき上げて旅姿の男が入ってきた。

帳場格子に陣取った菊蔵は、ジロリと不躾《ぶしつけ》な目つきで、男の人相と風体《ふうてい》を見た。

歳は六十のちょっと手前。白髪頭《しらがあたま》の老人である。小柄な身体の上に、小作りな丸顔がちょこんとのっていた。なにやら路傍の石地蔵を思わせる風貌《ふうぼう》であった。

老人は薄暗い卍屋の店先に不安そうに目を向けている。公事宿は常の旅籠とは異なり、愛想良く接客したりはしない。女中も呼ばれなければ出てこない。

「こちらが甲太夫さんの公事宿かね。手前が、下総国は香取郡、笹島村の名主、市兵衛だよ」

老人は下総辺りの訛《なま》りを感じさせる口調でそう名乗った。

菊蔵は身体の正面を相手に向けて座り直した。

「仰せの通り、甲太夫の公事宿でございやすが。……笹島村の名主様でござんすかえ？」

市兵衛はすでに旧知の間柄であるかのような口調だったが、菊蔵は老人の顔を見るのも、名前を聞くのも初めてだ。

「ああ、良かった。やっと着いた。さすがにお江戸は広いね。さんざん道に迷ってしまったよ」

市兵衛はホッと安堵した顔をすると、なんと、店先の、一段高くなった板敷きに腰を下ろして、草鞋の紐を解き始めた。

「ちょ、ちょっとお待ち下せえ」

菊蔵は慌てて膝行《しっこう》した。

「名主様は、手前どもン所に、お泊まりになるのでござんすかえ」

市兵衛はニッコリ笑って頷いた。

「もちろんだよ」

菊蔵は首を傾げる。

「ここが公事宿だとご承知のうえで、でござんすか？　つまりは公事をお抱えなんでござんすかえ？」

市兵衛はちょっと驚いた顔をした。小さな目を丸く見開いた。

「もちろんだとも。手前に、公事の〝願〟を立てるようにとお勧めくださったのは、甲太夫さんじゃないか」

「あっ」

菊蔵は即座にすべてを呑み込んだ。

「あの野郎ッ……！」

いかさま師が卍屋甲太夫の名を使って、勝手に話を進めたのに違いない。

（いってぇ何を企んでやがる！　卍屋に詐欺の片棒を担がせようって魂胆か！）

あの男は間違いなく騙《かた》り屋の小悪党だ。口先三寸でこの名主を丸め込み、金銭を掠《かす》め取ろうと企んでいるのに違いなかった。

名主の市兵衛は、顔を真っ赤にして激昂し始めた菊蔵を、不思議そうに見つめた。

「あんたはいったい何をそんなに憤っているのか……。『あの野郎』とやらに、お怒りのご様子だが？」

「えっ」

菊蔵は我に返った。

名主の市兵衛は、いかさま師のことを本物の三代目甲太夫だと信じきっているのだ。しかもおぞましいことに、公的には確かに三代目甲太夫なのである。「そいつは騙り屋だ。本物の三代目甲太夫は別にいる」と主張することはできない。いかさま師の騙りが露顕した暁には、卍屋まで、お上をたばかった廉《かど》で罪を負わねばならないからだ。

(悔しいが、いかさま野郎と一緒になって、この名主さんを騙し続けるしか他に手はねぇ!)

お甲と卍屋を守るためだ。菊蔵は内心、歯軋《はぎし》りしながら、作り笑顔を取り繕った。

「あっしが怒ってるのは、手前のところで使っている若い者に対して……なんでございやして。主の甲太夫からの大事な手紙を運んでくる手筈《てはず》になっているんでやすが、どこで道草を食っているものやら……」

「ああ。そういうこと。それで手前がこちらを訪ねることが、あんたに伝わっていなかったんだね」

「へ、へい。そういうことでございやす。とんだ手抜かりだ。面目次第もございやせん。重々お詫びを申し上げます」

汗を拭いながら低頭し、それから、油断のない上目づかいで市兵衛を見つめた。

「それで、笹島村の名主様。お抱えの公事とは、いってぇどういったお話なんでございましょう。なにしろ繋《つな》ぎが届かねえもんですから、こっちにはさっぱり話が通じていねぇんで。申し訳ねぇ話でござんすが、最初っから、あっしに話してやっていただけやせんか」

そう言ったその時、奥に通じる暖簾を上げて、お甲が店先に出てきた。

市兵衛がポカンと口を開けて見上げている。スッと背筋を伸ばして、さらに高々と兵庫髷《ひょうごまげ》を結い上げたお甲の美貌《びぼう》に見とれているのだ。下総国の農村では、決して見られぬ装束と、美貌であったのに違いない。

お甲は丁寧に正座して、低頭した。

「笹島村の市兵衛様。遠いところを、ようこそお渡りくださいました」

「あっ、ええ」

市兵衛はまともに返事もできない。お甲は平静を装った顔つきで続けた。

「甲太夫からの文は、たった今、届きました。そちらさまの公事については、文に詳しく記されてございましたので、すべて、この胸に畳みこんでございます」

市兵衛は視線を泳がせて、菊蔵に目を向けた。

「こちらは……どなたで？」

「へい。そのぅ、二代目甲太夫の、一人娘でござんして」

「ああ、つまりは三代目甲太夫さんのお内儀さんってことかい。三代目さんは入り婿ってわけだね！」

田舎の百姓らしい純朴さで、朗らかに、大声でそう言った。菊蔵とお甲は揃って苦虫を嚙み潰したような顔をしたのだが、その不穏《ふおん》な空気にも、まったく気づいた様子はない。

「まぁ、そういったもんでして」

菊蔵はお甲の激怒を恐れつつ頷いた。否定することはできないのだから仕方がない。

「とにかく、座敷に上がっていただきなさい。お里《さと》！　濯ぎをお持ちして！」

下女のお里に八つ当たりのような険しい声を掛けながら、お甲は奥に戻って行った。

「気《き》っ風《ぷ》の良いお内儀さんだ。頼もしい」

市兵衛は笑顔で頷いた。

二

お甲は市兵衛を表座敷に通すと、床ノ間の前に座らせた。

村の名主は苗字帯刀を許された公人、勘定奉行所支配の見做《みな》し役人である。一つの村の石高は五百石ほどであるから、五百石の農地を管理している、と考えることもできる。相当に偉い。支配勘定の相原家の石高が百石だ。五倍の公領を徳川将軍家から預かっていることになる。

そんな村の権力者が、ほとほと困り果てた——という顔つきで座っている。お甲はピンと背筋を伸ばしたまま、市兵衛の顔を正面から見つめた。

「甲太夫からの文によれば、たいそう難しい公事のようでございますね」

市兵衛は頭《こうべ》を斜めにして頷いた。ガックリとうなだれたようにも見えた。

「まったくですよ。手前の預かる笹島村が、これからどうなってしまうのか、案じられてならない」

菊蔵が、いかさま師からの文をざっと読み終えて、顔を上げた。

「とんでもねぇ悪党が、村でのさばってるみてぇですな」

「まったく、とんだ困り者です」

市兵衛は人前も憚《はばか》らず嘆息した。

「政五郎の好き勝手を許していたら、村はどうなってしまうことか」

「その政五郎って野郎は、名主様のご威光にも服さないんですかい？」

「ただの悪党じゃないんだよ」

市兵衛が唇を尖らせて、身を乗り出してきた。

「お上の権威を笠に着てのやりたい放題でね。本当に難儀をさせられている」

「お上の権威？　なんだって悪党が、お上の権威を振りかざすってんです？」

市兵衛は苦虫を嚙み潰したような顔をした。

「政五郎は、お江戸の同心様に、小者として仕えていた者なんですよ」

「お江戸の同心様っていうと、町奉行所の同心様ですかえ」

同心と呼ばれる役目は、町奉行所以外にもあるので、菊蔵は念のために確かめた。

市兵衛は「そうだよ」と、疲れ切った顔つきで頷いた。

「つまり政五郎は、元岡っ引き、ってことですかえ」

「そういうことだね。長年同心様のお屋敷に奉公していて、五十を過ぎて、身体が動かなくなったから、と言って、村に戻ってきたんだよ」

「ってぇこたぁ、笹島村は町奉行所の御領地なんで？」

「村の半分ほどが、かかっているね。半分は公領だがね」

町奉行所の同心や与力《よりき》たちも、百姓が納めた年貢で生活している。年貢の他にも町人たちからの付け届け（礼金や賄賂《わいろ》）が生活費としてあてられるのだが、基本給はあくまでも年貢米であった。

町方役人たちの領地は下総国や上総国《かずさのくに》、武蔵国の一部などに広がっていて、与力や同心の家に仕える使用人たち（小者や下女など）は、その領地からやってくることが多かった。町奉行所の仕事は格別のものなので、身元や親元のしっかりした人物しか、雇うことができないからだ。

お甲はチラリと目を上げた。

「甲太夫からの手紙では、政五郎という男、お武家様のお屋敷の奉公人の、抱元《かかえもと》だとのことですが」

「その通りだよ。お武家様がたに顔が利くのを良いことに、村の若い者たちの奉公を世話していた」

そこへお里が入ってきた。茶を市兵衛の膝前に勧める。茶を供し終えた後も、台所に戻らず、その場に居つづけた。それはお甲の指図であった。

田舎から江戸に出てきた百姓は、ただでさえ緊張している。しかも江戸に出てきた理由が公事なのだから尚更《なおさら》だ。お甲と菊蔵だけでは息が詰まることもあるだろう。そこでお甲は、底抜けに明るく愛らしいお里を同席させることにしている。お里がそこに居ることで、客の口が軽くなることがあるからだ。

「ご名代、抱元ってなぁに？」

お里が物怖《ものお》じをせずに訊ねてきた。

するとお甲が期待した通りに、市兵衛がほっこりと微笑んだ。

お甲はお里に答えた。

「お武家様のお屋敷には、中間《ちゅうげん》や小者などの働き手が要りようだろう？　このお江戸には、奉公人たちをお武家屋敷にお世話する仕事があるのさ」

人宿《ひとやど》（口入れ屋。桂庵《けいあん》とも）と呼ばれ、江戸では二百軒ばかりが営業していた（享保年間、人宿組合の加盟者数）。

「その人宿に、働き手を世話するのが抱元さ。抱元は江戸の近くの村々で暮らしながら、村の若い者たちを江戸に送り届けているんだよ」

生家の田圃《たんぼ》を相続できる者は長子に限られていたので、弟として生を受けた者たちには生きる場所がない。

「ところが村の若い者たちが、身一つで江戸に出て来ても、人主《ひとぬし》（身元保証人）がいなければろくな奉公はできないんだ。そこで奉公人が要りようなお武家様のお屋敷と、仕事を探す若い者の間に立つのが、江戸の人宿と農村の抱元ってわけさ」

お里は「なぁるほど」と、納得したような顔をした。

市兵衛がお甲の話の後を受けた。

「政五郎はお江戸の岡っ引きだったわけだからね。初めは村の者たちも、皆、政五郎を頼りとしていたんだよ……」

菊蔵が「ふむ」と頷いた。

「そりゃまぁ、江戸の岡っ引きだったってのなら、あちこちにずいぶんと顔が利くことでしょうぜ」

するとと市兵衛が、また、ガックリとうなだれた。なにやら独り言のように呟いた。

「顔が利きすぎる、ってのが、かえってよくなかったのかもしれないねぇ」

お甲の目が鋭く光った。

「江戸のご府内で顔が利きすぎる？……いったい政五郎は、どんな悪事を為しているのです？」

市兵衛は「はっ」と顔色を変えた。

「いや、なに、それとこれとは関わりのないことだ」

なにやら、目に見えて取り乱している。お甲と菊蔵は一瞬、視線を交わしあった。

お甲は更《あらた》めて質《ただ》した。

「政五郎という男、どのような悪行で村を困らせているのでございましょう？」

市兵衛は石地蔵に似た顔を顔を伏せて、なにやら逡巡《しゅんじゅん》する様子であったが、やがてキッパリと顔を上げた。

「村内《むらうち》の恥を晒すようで面目無いのだが、公事で頼るからには仕方がない。腹蔵なく話しましょう」

「お聞きしましょう」

お甲が答え、菊蔵が身を乗り出した。お里は、難しい話になると覚《さと》って、自分から座敷を出ていった。

「その前に、一服つけてもいいかね」

市兵衛が莨盆に目を向ける。

「へい。どうぞ」

菊蔵が莨盆を寄せた。市兵衛は自分の煙管で莨を吸った。何から順に話したものか、思案している様子であった。

「政五郎のような抱元は奉公人を一人斡旋《あっせん》するたびに、金一朱の銭を受け取ることになっていてね」

金一朱は、一両の、十六分の一に相当する。

菊蔵はちょっと意外そうな顔をした。

「存外、たいしたことはねぇ額ですな」

江戸では大工が一月《ひとつき》働くと一両の稼ぎになる。

市兵衛は首を横に振った。

「武家奉公の年季は一年だから、毎年一人につき一朱ずつ取ると思えば、良い商売だよ。それに、村の若い者たちを、何十人も世話しているからね」

「なるほど。毎年必ず何両もの金が懐に転がり込んでくるんだとすれば、良い商売ですな」

「それで満足していれば、良かったんだろうがねぇ……」

「まっとうな抱元では満足できずに、悪事を企み始めたってことですな」

「そういうことだよ」

「それはどんな？」

「政五郎についた異名を聞けば、およそのところ、察しがつくとは思うがね」

「どんな異名がついていやがるんで？」

「〝人食い鬼〟って、いうんだよ」

市兵衛は声をひそめた。

お甲は首を傾げた。

「人食い鬼――ですか。それはいったいどんな悪事を？　まさか本当に人を取って食うわけではございますまい」

「さすがに、食いはしないとは思うけどねぇ……。村の者たちからすれば、似たようなものさ。政五郎の世話になって江戸に出ていった若い者たちは皆、ある日を境に、行き方知れずになってしまうんだから」

「ほう」

「消えていなくなってしまうわけだよ」

菊蔵が険しい顔をした。

「なるほど、こいつは一大事ですな」

「とんでもない話だよ。お江戸に奉公に出したからといっても、未来永劫《えいごう》、村からいなくなられては困る。御承知のように百姓仕事は手間がかかります。田植えから稲刈りまで、どれだけ人手があっても足りはしない！　それなのに政五郎のヤツは、村からどんどん男手を奪っていってしまうんだからね」

菊蔵はちょっと首を傾げた。

「百姓仕事に差し支えが出るのは困り事でしょうが……。行き方知れずになっちまったことのほうが大事なんじゃねぇんで？　もしかしたら、殺されてるってことだってあるでしょう」

「あっ、そう。そうですよ！」

市兵衛は俄《にわ》かに慌てた。

「下代頭さんの言う通りだよ！　本当に案じられてならない！」

お甲と菊蔵は、再びちょっと目配せをした。

「村の名主さんにとっちゃあ、年貢をご公儀にお納めするのがなによりの務めでござんすから、百姓仕事の滞《とどこお》りを一番にご案じなさるのは、わかりやすぜ」

「お、おう……。そうなんだ」

菊蔵はちょっと考えてから、質した。

「近在の宿に親分衆はいねぇんですかい。八州様の道案内とか」

公領では、百姓の手に余る凶悪犯が出た場合には、近在の顔役とその子分衆が駆り出されて捕縛に向かうことになっている。その顔役とは有体《ありてい》に言えば博徒たちだ。彼らは治安維持活動に従事するという約束で、役人たちから目溢《めこぼ》しをされていた。

市兵衛は首を横に振った。

「ところがね、親分衆も腰が引けている。なにしろ政五郎は、元は岡っ引きだ。お江戸のお役人様にも顔が利く。田舎の博徒なんかとは格が違うっていうんですかね。博徒たちは政五郎に一目も二目も置いていて、てんで役に立たない」

「それは、二重、三重に、お困りですなぁ」

「政五郎は神出鬼没だ。今日、村にいたかと思えば明日にはお江戸に居るって具合で、摑まえようにも摑まえられない」

「逃げ足が速ぇんですな」

　関八州の悪党にはよくあることだと菊蔵は思った。関八州は、公領、旗本領、大名領と細分化されているので、領地の境を踏み越えられたら、もう、後を追うことができなくなる。

「そこでですよ」

　市兵衛が身を乗り出してきた。

「政五郎を公事で訴えれば、さしもの大悪党でも、お上のご威光には逆らえない。きっと姿を現わすはず。否！　卍屋甲太夫さんのお力で、きっとお白州に引っ張り出してくれるはずだ――手前はそう考えたのだよ」

　お甲は居住まいを更めた。

「手前どものような者共を、そこまでご信用くださいまして、御礼の言葉もございませぬ」

　菊蔵も手をついて低頭する。

「下代頭さん。それにお内儀さん」

市兵衛は深刻な眼差《まなざ》しを二人に向けた。

「政五郎はもちろんのこと、政五郎に唆《そそのか》されてご奉公先に顔を出さず、そのまま姿を消してしまった者たちにも、きっと咎めが下《くだ》るはずだ」

お甲は頷いた。

「村の田畑を勝手に離れたお百姓は咎めを受けます。それがお上のご法度《はつと》です」

百姓は年貢の元手であるので、農村から逃げ出すことは（武士にとっては）黙過《もつか》しがたい大罪であった。

市兵衛は額に汗を浮かべている。

「手前はね、それが心配なんだよ。いくら政五郎が元岡っ引きでも、いつまでもこんな悪事が見過ごしにされているはずがない。きっといつかはお役人様の手が入る。そうなった時に、村の若い者たちにまでお咎めが及んだのではたまらない。名主の手前にだって、きっと厳しいお叱りがあるはずだ」

「そうでしょう」

「そこで、だ。政五郎は懲らしめてほしいが、村の若い者たちは、そっと村に帰ることができるように計らってもらえないだろうか。村の若い者たちをお咎めにかからないようにしていただきたいのですよ」

市兵衛は二人に向かって、畳に手をついて頭を下げた。

「それができるのは、あんたたち公事師しかいない！　政五郎をやっつけるだけなら、お役人様に捕縛してもらえばいいんだからね」

勘定奉行所の裁きには「吟味物《ぎんみもの》」と「出入物《でいりもの》」とがある。吟味物は刑事裁判、出入物は民事訴訟だ。名主の市兵衛は、政五郎の犯罪を、刑事裁判ではなく、民事訴訟で片づけようとしているのである。民事訴訟であれば、村人たちは連座の罪に問われない。

「だけれども政五郎は元岡っ引きだ。容易なことでは悪事の尻尾《しっぽ》を摑ませはしないだろう。ここは三代目甲太夫さんのお力に頼るしかない。お噂に名高い三代目甲太夫さんなら、きっと政五郎を懲らしめてくれるはず——そう考えたという次第なのですよ」

市兵衛の熱弁は終わった。

お甲は努めて静かな口調で、「わかりました」と答えた。

「そちら様のご事情はすべて胸の内に収めたうえで、卍屋がこの公事を引き受けましょう。政五郎を訴える願を、御勘定奉行所にお出しくださいませ」

「ああ、良かった！」

市兵衛は甲高《かんだか》い声で叫んだ。

「これでまずは一安心だ」

丸顔をクシャクシャにして微笑んだ。

三

公事宿に限らず、江戸の旅籠には風呂がない。火事を防ぐためである。宿泊客は町内の湯屋に通わなければならなかった。

市兵衛を湯屋に送り出してから、座敷に戻ってきた菊蔵が、お甲の前に座った。

「いいんですかい、本当に？　この公事を引き受けちまって」

お甲は菊蔵に鋭い目を向けた。

「何が言いたいんだい」

「もしかしたら、これはいかさま師が仕組んだ罠《わな》かも知れねぇ。市兵衛は、いかさま師と一味同心で、この卍屋を嵌《は》めるために、乗り込んで来たのかもわからねぇですぜ」

「お前はそうお考えかい」

菊蔵は、いかさま師からの投げ文を手に取った。

「この文にゃあ、『悪党のふるまいにお困りの村があったから助けてやってくれ。物成りの良い村だから礼金の心配はいらない』などと書いてありやすがね。別のお人からの頼みなら、こっちもこれが商売だ。喜んで引き受けやすが、あの野郎の口利きとあっては胸くそ悪ぃ。それになんだか剣呑ですぜ」

菊蔵は膝を進めて身を乗り出した。

「よその公事宿に助けを頼んで、その後で『卍屋は別の公事を抱えているから』と言い訳して、よそに任せちまうって手もありやすが……」

お甲は「うん」とは言わない。逆に、なにやら決意を固めたような顔つきとなった。

菊蔵は恐る恐る訊ねた。

「ご名代は、別のお考えですかえ？」

「いや、お前の言うのが正しいかも知れないね。だけど、そうだとしたら、なおさら受けて立つしかないだろうさ」

「受けて立つ？」

「卍屋は公事宿だよ」

お甲の顔つきがキリッと引き締まる。

「騙し騙されるのが公事師の習いさ。相手の企みを見抜いて、逆手《さかて》に取るのが常道じゃないか。向こうからこっちにちょっかいを掛けてきたっていうのなら、かえって好都合な話だよ」

「野郎の手に乗ったふりをして、野郎の手の内や居所、仲間なんかを探ってやろうって、おつもりですかい」

「そういうこと。『虎穴に入らずんば虎児を得ず』さ。菊蔵」

「へい」

「早速だけど下総国に人を走らせておくれ。笹島村に探りを入れなくちゃならないね。政五郎っていう悪党は、きっと本当にいるのだろう。けれど、油断しちゃならないよ。真っ黒なものでも『白い』と言いくるめるのが公事だ。逆に、真っ白なものでも黒いと思わせるのが、いかさま師の手口さ」

お甲は眦《まなじり》を決して、遠く、関八州が広がる方角を睨みつけた。

「逆に、あのいかさま師をハメてやる、くらいの策を講じなくちゃいけないのさ」

「へい！　今度こそ野郎の首根っこをふん捕まえてやりやすぜ！」

お甲は笑みを浮かべて頷き返した。

「あたしは政五郎が仕えていた町奉行所の同心、ってのを洗ってみる」

町奉行所の懐を探るその仕事は、一介の公事師の手には余る。勘定奉行所の役人、相原喜十郎《きじゅうろう》の手を借りなければならないだろう。

それを口実にして、相原に会える。そう思うと、お甲の胸に、女らしい甘やかな潤いが広がった。

＊

「人食い鬼ノ政五郎か。酷《ひで》ぇ通り名があったもんだぜ」

伝兵衛が顔面の傷を引きつらせながら言った。笑っても、しかめても、古傷が引きつって奇怪な表情になる。

「手前ェの通り名だって負けちゃいねえよ」

と、茶々を入れたのは、伝兵衛の古い仲間の五郎八だ。伝兵衛とは同年配で、若い頃から一緒に悪事を働いてきた。色黒で朴訥《ぼくとつ》とした顔つき。口許にはいつも笑みを浮かべているが、目だけは決して笑わない。関八州の街道筋を流れ歩いている博徒で、ほうぼうの博打場の親分たちに顔が利く。伝兵衛は五郎八を情報源として使おうと目論《もくろ》んでいたのだ。

そこは香取郡笹島村にある宿の旅籠であった。薄暗い部屋の板敷きで大あぐらをかいている。二人の前には酒と肴《さかな》の膳が運ばれていた。

「まぁ、一杯《いっぺ》ぇやりなぃ」

五郎八が伝兵衛に酌をする。伝兵衛は湯呑《ゆのみ》茶碗で受けて呷《あお》った。満足そうに唇を拭う。

「酒は不味《まず》いが肴は美味《うま》い。下総はなかなか良い国だな」

五郎八も頷き返した。

「上州に比べりゃ、ずっとマシだ。あそこは風がきつい。障子も板戸も破れ放題で、座敷の中で土埃《つちぼこり》が舞ってらぁ」

二人は上野国《こうずけのくに》の石田村での騒動に関わったばかりなのである。

五郎八は、しかめツラをした。

「あれはとんだ骨折り損だったぜ。今度は大金にありつけるんだろうな?」

伝兵衛は五郎八を睨み返した。

「それはこっちの台詞《せりふ》だぜ、兄弟。この一件は手前ェが持ち込んできたネタじゃねえか」

「違えねえ」

五郎八は苦笑した。そして座敷の奥の暗がりに目を向けた。そこにはいかさま師が座っていた。

「この五郎八親分の眼鏡《めがね》に狂いはねぇってことよ。関八州の裏街道では、大悪党ほど悪銭を貯め込んでいやがる。人食い鬼ノ政五郎ほどの名うてなら、まず、二百両は固いはずだ。そいつを横取りできるかどうかは、そこのいかさま野郎の口先三寸にかかってる」

いかさま師は、口許にほんのりと微笑を含んだまま、返事もしない。代わりに伝兵衛が答えた。

「この野郎も、銭を拵えねぇことには、簀巻きにされかねねぇ身だ。抜かりはあるめぇ。な?」

念を押されたいかさま師は、微笑んだまま、訊ねた。

「それで、その政五郎さんってのは、どちらにいらっしゃるんですかね」

いかさま師に被せて伝兵衛も問い質す。

「政五郎は金をどこに隠してやがるんだ?」

「まぁ、待ちねぇ。一度には答えられねぇ」

五郎八は舌で唇を湿らせつつ、頭の中で何事か考えてから、答えた。

「政五郎の居場所だが、これが良くはわからねぇ。野郎も悪党だ。お上の詮議を恐れているのか、姿を隠していやがる」

伝兵衛は首を傾げた。

「だがよ、政五郎は村の抱元だ。村の若ぇ者《わけ》たちに、声を掛けていやがるんだろう?　抱元ってのはよ、村の暮らしに通じていねぇと務まらねえって耳にしてるぜ?　村の中のどいつが食い詰めていやがるのか、そこんところを知っていねぇと務まるめぇよ」

暮らしの成り立たない貧乏人に江戸での仕事を世話してやるのが、抱元の本来の務めだ。

「百姓ってのは、滅多なことじゃあ、生まれた村の田畑からは、離れたがらねぇんじゃねぇのか」

伝兵衛の問いかけに五郎八が頷いた。

「まぁ、そうだ。百姓は田畑に張りついてさえいれば、おまんまにはありつける」

農民は貧しい暮らしを強いられているように見えるけれども、主食を生産しているというのは強みである。堅実に働いてさえいれば食べ物が地面から湧いてくるのだ。

「俺たち無宿人の目から見れば、夢のような話だぜ」

そう言って伝兵衛はいかさま師をチラッと睨んだ。

「こっちは、働いても働いても、無駄骨ばかりだってのによ」

いかさま師は「ハハハ」と笑った。

五郎八は「だがよ」と続けた。

「百姓には年貢ってもんがある。とれた米の四割は、侍《さむれ》ぇに納めなくちゃならねぇ。

年貢で納めた米を買い戻さねぇと、手前ェで作った米も食えねぇってことになる」

　伝兵衛は頷いた。

「そのための野菜作りだろう。野菜は年貢に取られねぇ。作った野菜を江戸で売って銭を稼ぐ。……このあたりじゃあ、鶏を育てて卵を売る百姓も多いようだな」

「上州じゃ蚕《かいこ》を育てていたっけな。上州の絹は高く売れる。しかしだ、みんながみんな、鶏小屋や桑畑を持てるってわけじゃねぇ。貧しい百姓は出稼ぎで銭を稼いで、米を買い戻すしかねぇのよ」

「その出稼ぎの百姓が、政五郎に関わったばっかりに、行き方知れずになっちまうってのか」

「おうよ。だから野郎についたあだ名が〝人食い鬼〟だ」

「人食い鬼ノ政五郎か。出稼ぎの百姓を、いってぇどこにやっちまうんだ」

「そんな詮議はどうでもいいぜ伝兵衛。俺たちは役人じゃねぇんだ」

「おっと。違ぇねぇ。政五郎が出稼ぎの百姓を食い物にして、拵えたはずの大金が目当てだ」

「そういうこった。まずは野郎の隠れ家を、つきとめなくちゃならねぇ。百姓を売り飛ばした金を貯め込んでいやがるはずだからな」

「おう。政五郎の身柄は、ここの――」

伝兵衛はいかさま師に横目を向ける。

「三代目甲太夫サマが江戸の白州に引き出してくださる。その隙に俺たちは家捜しだ」

「よし、上手い手だ。貯め込んだ悪銭を根こそぎ横取りしてやろうぜ！」

伝兵衛と五郎八は歯を剝き出しにしてせせら笑った。

いかさま師は口許に笑みを含んで、目を細めながら聞いている。

四

相原喜十郎は、わずかに開けられた障子の裏に立った。顔の半分だけをそっと出して目を向けると、庭の向こうの座敷に座った市兵衛の姿が見えた。

市兵衛は、陽の当たる縁側に座って、のんびりと煙管を燻《くゆ》らせている。茶を運んでいったお里が、江戸の名物の話などを、面白おかしく語り聞かせていた。

「いかがでございましょう」

お甲が相原に訊ねた。相原は障子を閉ざすと、座敷の真ん中に座った。

「見覚えがある。あの者は確かに笹島村の名主の、市兵衛だ」

相原喜十郎は勘定奉行所内で出頭著《いちじる》しい能吏である。頭脳は明晰で記憶力も良い。

勘定奉行所は、徳川家の直轄領を支配する役所で、その役人たちは日本中に広がる公領を隈《くま》なく巡っている。もっとも重要な仕事は年貢の取り立てで、秋になると検見《けみ》（作況指数の調査）のために農村部に赴く。その年が不作か豊作かを見極めて、年貢率の調整をするのであった。

検見で農村を巡る際には、名主の屋敷に寝泊まりし、名主や百姓たちから陳情を受ける。相原の記憶力なら、名主の顔を見忘れるはずがなかった。

「なにしろ町奉行所の領地だからな。万が一にも遺漏《いろう》は許されない。こちらもこれでなかなかに気を使う立場なのだ。町奉行所の領地の名主を見間違えることは、まず、ありえぬことと思え」

町奉行所の役人は忙しいので、領地の支配と年貢の取り立てを勘定奉行所に委託しているのであった。

　お甲は思案する顔つきで、頷き返した。

「では、市兵衛様が、いかさま師の一味ということは、考えられませんね」

「考えにくい。名主が悪事の片棒を担いだところで損をするばかりだ。豊かな村の名主であれば収入も多い。江戸の武士よりよほど大きな屋敷を構えて、大勢の使用人を抱えて暮らしておる。つまらぬいかさまを企んで、露顕いたせば、それらのすべてが台無しになる。そのうえ己は獄門台だ」

「まともに考えることのできる者なら、今の暮らしを大事にするはずですね」

「そうだ。そして市兵衛は、話のわかるまともな男だ。耄碌《もうろく》をする歳でもないだろうしな」

「それでは、政五郎という悪党に悩まされている、というのも、真《まこと》の話なのでしょうか」

「それについても調べてみた。政五郎という小者――町人ふうに言えば岡っ引きか。その者は、確かに江戸におったようだ」

「どちらの同心様の、十手を預かっていたのでしょう」

「それが驚いたことに、北町の槇田亀三郎だそうな」

「北町の槇田様……」

つい先日、悪党を引き渡した相手だ。その悪党、岩八は、牢屋敷で槇田の厳しい詮議を受け、まもなく白州で裁きを言い渡されると耳にしていた。

町奉行所には南北を合わせても、町廻を担当する同心が二十四人しかいないとはいえ、とんだ偶然があったものだと、お甲は思った。

「政五郎は三年前に十手を返して田舎に引きこもったらしい。……なるほど、抱元をやっておったのか。知恵の働く者のようだな」

「その知恵を、悪事に使われたのでは、見逃しにするわけにも参りますまい」

相原はニヤリと笑った。

「まるで八州廻のような物言いをいたす」

「あっ……」

男勝りの気性を、つい、露《あら》わにさせてしまった。それも、愛する男の目の前で。お甲は頬《ほお》を赤く染めた。

「いずれにしてもじゃ。公事の願が名主より差し上げられて来たからには、放っておくことはできぬ。政五郎について、調べねばなるまい」

「はい。政五郎の悪事を表沙汰《おもてざた》にすることは、北町の槇田様のご面目を潰すことにもなりかねませぬ。下手をすると北町奉行所を相手の公事となるかも……。ですが、それも覚悟のうえで、市兵衛様は願を上げられたのでございます。公事を受けたからには卍屋は、決して後に退《ひ》くものではございませぬ」

「まったく、頼もしい公事師よ」

相原はフッと目を細めてお甲を見つめた。

「だが、十分に気をつけよ。それこそがあのいかさま師の狙いかも知れぬのだからな。北町奉行所と争わせることで、卍屋を窮地に追い込もうという腹かも知れぬ」

お甲も頷いた。

「あの男の企みも合わせて暴いてやるつもりでおります。今度こそ、あの男を懲らしめてやります」

勝手に夫を名乗る男を許すわけにはいかない。お甲が愛する男は相原喜十郎だけなのだ。

と、その時、二人のいる座敷に、足音が近づいてきた。

「お酒をお持ちしました」

お里が声を掛けて入ってきた。まだ十七の娘に、相原とお甲の間に流れる、微妙な空気を察することができたかどうか。

お里が下がり、お甲は銚釐《ちろり》を手に取った。

「久しぶりにお越し下さったのです。どうぞ、ゆっくりしていらしてください」

「そうしようか」

相原は盃《さかずき》を取ってお甲の酌を受けた。

*

「いってぇ、その政五郎って野郎は、どこに隠れていやがるんだい」

どこまで行っても続く泥道に辟易《へきえき》しながら、伝兵衛がぼやいた。

「なんてぇひでぇ道だ。道だか泥田だかわかりゃしねぇ」

草鞋《わらじ》も足袋《たび》も濡《ぬ》れきっている。歩きづらいうえに気持ちが悪い。

春の陽差しが下総国に降り注いでいる。目の前には広い空と、広い広い平原があった。平原では至る所から水が染み出し、チョロチョロと足元を流れ、集まって小川となり、さらに幅の広い川となって、最後には利根川《とねがわ》に流れ込んだ。

「下総ってのは、どこもかしこも泥沼みてぇな国じゃねぇか！」

言い得て妙である。立っていると草鞋の裏が地面にズブズブと沈んでいく。急いで歩を進めないといけない。

「この辺りは元々は、海だったといいますからねぇ」

いかさま師が笠の下で微笑みながら言った。この男の足も、脚絆《きゃはん》までぐっしょりと湿っていたが、それでも笑顔は絶やさない。

一方、いつも不機嫌な伝兵衛は、ますます苛立《いらだ》たしげに問い返した。

「海だァ？　海が広がっているのは東へ十里も行った先だぞ」

「ええ。ですからね、海がこの辺りまで入り込んでいたってことですよ。霞ケ浦《かすみがうら》と繋がってね、香取ノ海と呼ばれていたそうですがね」

「証《あかし》はあるのか」

「おや、公事師のようなことを仰る」

いかさま師はさも面白そうに笑い、伝兵衛は苦々しげに舌打ちした。

「手前ェの口から出てくる言葉は、公事師じゃなくても、いちいち証を確かめなくちゃいられねぇんだよ！」

「これは手厳しい」

いかさま師は微笑して、

「証はございますがねぇ。この辺りの地面を掘ると、海の貝殻がいっぱい出てくるんだそうで。捨てられた貝殻が塚になってるそうでして。昔の人が食べて捨てたんでしょうかね」

「ちっ、それじゃあこんなに湿気《しけ》っていても仕方がねぇか。身を隠せるような山もねぇから、政五郎をとっ捕まえることなんかわけもねぇ、と思っていたが、歩くことすら儘《まま》ならねぇんじゃ、どうにもならねぇ」

「舟を使ったほうが良いのではないか」

と言ったのは榊原主水だ。破れ笠に黒く煤《すす》けた着物の姿でついてくる。袴の裾は大きくたくし上げて帯に挟んでいた。〝股立《ももだち》を取る〟というのだが、こうしていないと袴が濡れてしまうのだ。

古物の袴であるからいくら汚れたところで惜しむものではあるまいが、濡れて重くなった布地は足運びの邪魔になる。剣客《けんかく》ならではの用心として、濡らさないように気を使っているのであろう。

いかさま師は頷いた。

「確かに、歩いて行くより舟を使った方が、早く進めそうですねぇ」

「このあたりでは年貢の米俵も、荷車ではなくて舟で運ぶと耳にしたぞ」

榊原の言葉を受けて、伝兵衛がまた、舌打ちした。

「政五郎の野郎も舟を使っていやがるんじゃねぇのか。だとしたら、歩いて追い回しても無駄だぜ。スーッと舟で逃げられちまったんじゃ敵わねぇ」

「とはいえ、政五郎の身柄を押えて、江戸のお白州に引き出さないことには公事になりませんからねぇ。困りましたねぇ」

いかさま師はなにやら考え込んでいる。

「一度、江戸に戻りますか。政五郎さんは、仕えていた同心様にきっと繋ぎを取ろうとするはずですよ。同心様の屋敷の前で張っていた方が早いかもわからない」

いかさま師の提案を、伝兵衛は首を横に振って断った。

「政五郎の隠れ家を突き止めて、野郎が隠し持っているはずの金を奪い取るんだ。そっちのほうが大事だ」

「ははは。そのために、こんな難儀をしているのですからねぇ」

「何を笑っていやがる。千両の金を拵えないと、命がねぇのは手前ェだぜ」

榊原主水は笠の下の目をほうぼうに向けている。

「しかし、村の者どもの言う、政五郎の隠れ家らしきものなど、まったく見当たらぬではないか」

「どこで道に迷ったんでしょうね」

「最初っから道なんかありゃしねぇ！　さっさとここの湿け地から抜け出さねぇと。夜になっても、野宿もできねぇぞ！」

伝兵衛の物言いはもっともだ。三人は足を急がせた。

＊

お甲と菊蔵は楓川《もみじがわ》を越えて八丁堀《はっちょうぼり》に入った。

楓川は人の手で掘った掘割である。八丁堀とは、元々は、船が江戸に入港するための船入《ふないり》（波除《なみよ》けで守られた船の入港水路）だったのだが、波除けの防波堤の内側に土砂が溜まって洲となった。そこにさらに土を盛って地面にした。こうしてできあがったのが八丁堀という町である。町なのに堀の名前がついているのはこういう成り立ちがあったからだ。

自然に土砂が堆積してできた地面なので、どこからどこまでが八丁堀なのか、江戸時代の人たちも把握していなかったらしい。年々勝手に土地が広がっていく。いつのまにか別の町や、中州とくっついていたりする。

湿気の多い土地柄なので誰も住みたがらない。しかも元々は墓場でもあったようだ。そこで幕府は一計を案じ、町奉行所の役人たちの組屋敷を建てて、無理やりそこに住まわせた。町奉行所の同心たちは、それほどまでに身分が低かったのである。

「ここが槇田亀三郎の屋敷かい」

菊蔵が同心屋敷に目を向けた。

公領にある名主屋敷の前に立つと、思わず大きな屋根や高い軒を見上げたりするものだが、同心屋敷は屋根が低い。見上げることも、仰ぐこともできない。屋敷を塀で囲うことも許されず、門を構えることも許されない。生け垣と、片開きの一枚木戸があるばかりだ。

「これが、江戸の町を仕切る、旦那《だんな》のお住まいだってんだから……」

江戸の町人の一人として複雑な思いに囚《とら》われる。公事のために江戸に出てきて、勘定奉行所の白州に土下座させられる名主たちのほうが、ずっと良い暮らしをしているのではあるまいか、などと菊蔵は思った。

菊蔵は片開き戸を押し開けた。

「御免下せぇやし。槇田の旦那はいらっしゃいますかえ」

町奉行所の役人には非番の日があって、その日は一日、町奉行所に出仕しない。といっても休日ではない。屋敷にいて、町人たちの陳情や相談を受け付けるのだ。同心の屋敷に玄関はなく、出入りは台所から行う。台所口の大きな木戸は開いていて、小者がヌウッと顔を出した。

菊蔵には見覚えがあった。箕輪村で岩八の身柄を渡した時に、槇田に付き従っていた小者だ。向こうも菊蔵の顔を覚えていたらしく、

「なんだ、公事宿の番頭か」と、吐き捨てるように言った。

これだけでもう、菊蔵の頭には血が上ってしまったのだが、ここで小者と喧嘩をするわけにもいかない。

表道からお甲も入ってきた。小者の顔つきが少し変わった。お甲の美貌に心打たれたのかもしれない。

「なんでぇ。三代目甲太夫の女房じゃねぇか」

そして、人を舐《な》めきったようなツラ付きに戻ってせせら笑った。

「公事師の女房がなんの用だい」

菊蔵は、自分の怒りはさておいて、お甲が憤激しないか心配になった。

しかしお甲は顔色一つ変えず、わずかに顎を引いた。

「槇田の旦那にお目通りを」

怒っている時ほど無表情になるのが公事師である。そういうふうに訓練されている。菊蔵はお甲の怒りを察して、ますます慌てたのであるが、槇田の小者は、そこまでは察することができなかったらしい。ニヤニヤと軽薄な薄笑いを浮かべて返事もしない。

同心の小者が返事をしない理由は決まっている。菊蔵はそれと察して、嫌々ながら、二分《ぶ》ばかりの銀を小者に握らせた。

小者は指先で二分銀を玩《もてあそ》びながら、

「ここで待ってな」

と言い残して、屋敷に入った。

小者の気配が屋敷の奥に消えると同時に、菊蔵は「くそっ」と毒づいた。

「虎の威を借る狐ってのは、野郎のことをいうんですぜ」

お甲は青白い無表情のまま答えた。

「鼬《いたち》よ」

「へぇ？　鼬？」

「鼬ノ金助《きんすけ》。そう呼ばれているのさ」

菊蔵は「プッ」と吹き出した。

「なるほど。良く似たツラつきですぜ」

その金助が戻ってくる。

「何を笑っていやがる。旦那が『会う』と言いなすってるぜ。こっちに入《へ》ぇりな」

「そいつぁありがてぇ。お邪魔しやすぜ」

菊蔵が先に台所口に踏み込み、続いてお甲が入った。

台所は、地面を踏み固めた三和土《たたき》と一段高い板ノ間によって造られている。身分の高い客は畳の座敷に通されるが、低い者は板ノ間に座る。もっと身分の低い者は三和土に土下座をさせられた。

お甲と菊蔵は三和土に立ったまま、同心の槇田が出てくるのを待った。鼬ノ金助は、品の悪い薄笑いを浮かべながら、台所の端で見守っている。

やがて板戸が開けられて槇田が出てきた。着流しに羽織をつけている。三ツ紋つきの黒羽織ではない。

「おう。貴様たちか」

横柄な口の利きようながら、板ノ間にきちんと正座した。同心は袴《はかま》を穿《は》いていない（身分的に穿くことが許されない）ので、あぐらをかくと褌《ふんどし》が丸見えになってしまう。誰の前でも正座をするのが同心なのだ。

「岩八の捕縛は大義であったな。岩八は死罪と決まったぞ。仕置きの後で貴様らにも、お奉行より、お褒めが下るであろうな」

「有り難き幸せにございまする」

お甲は低頭した。

菊蔵も頭を下げる。腹の中では、（町奉行様からのお使いが来た時、どうするべきか）などと考えている。卍屋の主は、あのいかさま師――ということになっている。いかさま師に使者を迎えさせ、応対させなければならないのだが、どこにいるのかがわからない。

お甲は素知らぬ顔つきだ。

「本日は、手前が、三代目甲太夫の名代として参上いたしました」

と、努めて表情を消した顔つきで挨拶した。

「手前どもの宿にお泊まりの客について、いくつかお訊きしたいことがあるのでございます」

槙田の顔つきが変わった。

「貴様らの客とは、公事の願を上げに来た百姓、ということか」

「ご推察の通りにございます」

「この俺に公事の手伝いをしろと申すか。なんぞ証拠でも探しておるのか」

江戸の町方同心だけあって槙田は気が短い、というのか、口が軽いというのか、先へ先へと話を進める癖があるようだ。

お甲は槙田の顔つきをしかと確かめながら、ゆっくりと、一語一語、喋る。

「そうではございませぬ。こちらで以前に奉公をしていた、政五郎について、お訊ねしたきことがございまして――」

槙田の顔つきが目に見えて変わった。

「政五郎だと……」

槇田は、嗄れたような声を漏らした。が、すぐに顔つきを元に戻した。

「俺の家で三年前まで召し使っていた男だな。歳をとって、身体がきつくなったので暇をくれ、とのことで、奉公を解いた」

「政五郎の在所の、笹島村の名主様が御勘定奉行所に出向かれ、政五郎の稼業には障りがあると、願を上げて参られたのでございます」

勘定奉行所に願を出したのは、確かに市兵衛だが、この願書には面倒な書式と手続きとがある。願書を書いたり、差し出したりの手伝いをすることが、公事師の最初の仕事であった。

「知らぬ」

槇田は短く答えると、早くも立ち上がる気配を見せた。

「あっ、お待ちを」

お甲が声を掛けるが、槇田は背を向けて屋敷の奥に戻ろうとした。そしてふと足を止め、肩ごしに振り返り、

「すでに奉公を解いた者について、あれこれ言われるのは迷惑千万！　まして、公

事師風情《ふぜい》に、詮議がましき口利きをされるは業腹極まる！」

「詮議なぞとは、とんでもなきこと」

お甲が言い終わるのも待たずに奥に入ると、板戸をピシャリと閉ざした。

お甲は菊蔵と目を合わせた。菊蔵も（話になりやせん）という顔をした。相手は町方同心。出方を変えねば、次は顔も見せてはくれないだろう。

「やれやれ。とんだお叱りを被っちまった。それじゃあ、出直すとするかい」

独り言のように言いながら、鼬ノ金助に目を向ける。金助は、妙にこわばった顔で睨みつけてきた。

「二度と来るんじゃねぇ」

乾いた声でそう言った。

お甲は訊ねた。

「どうして？」

鼬ノ金助はそっぽを向いた。そして、付け足しのように、

「うちの旦那を怒らせねぇでおくんなよ」

と言った。

＊

「なんだか妙ですぜ」

道を歩きながら菊蔵が囁いた。

「政五郎の名を出した時の、槙田のツラを見やしたか。血の気が下がるのがはっきりと見て取れやしたぜ。それに、鼬ノ金助の様子もおかしかったですな」

お甲は前を向いたまま頷いた。

「あの二人は、政五郎の悪事を知ってるようだね」

「知ってるどころか、裏で糸を引いているのは槙田かもしれやせんぜ。昨今の役人は油断がならねぇ。悪党よりももっと質《たち》が悪《わり》いや」

「そうだとしたら槙田をつっつくのはまずいね。こっちの動きを政五郎に伝えられたら面倒だよ」

「いや。槙田が政五郎と繋がっているのなら好都合だ。若い者を槙田に張り付けて見張らせやす。繋ぎをつけようとしやがったら、後を追《つ》けて政五郎の居場所をあぶり出してやりまさぁ」

お甲は頷いた。

「そっちの手筈は任せたよ」

足を急がせて歩きだす。

「どちらへ？」

「まだ、政五郎と繋がっていそうな相手がいる」

そう言ったところで、チラリと背後に目を向けた。

「……追けて来てる？」

菊蔵は後ろは振り返らずに首を傾げた。

「鼬の野郎かも知れやせんな」

お甲は「フン」と、高い鼻梁《びりよう》を上向けさせた。

「好きにさせておくがいいさ」

そう言うと大路の角を曲がって、江戸の町を南へ向かった。

第三章　大川の鬼ケ島

一

　赤坂の溜池《ためいけ》から流れ出る汐留川《しおどめがわ》（江戸城の南の外堀）を、幸橋《さいわいばし》で渡った先に、芝口《しばぐち》の兼房町《けんぼうちょう》があった。この町は俗に人宿町と呼ばれるほどに、多くの人宿が集められていた。

　通りを歩いて来たお甲は、『隈左衛門《くまざえもん》』と書かれた軒行灯《のきあんどん》を見上げつつ、その店《たな》の暖簾をくぐった。

　八坪ばかりの店の板敷きには、番頭らしい男を真ん中にして、十人ばかりの日傭《ひよう》取《と》り（日雇いの労働者）が集まっていた。春の昼下がりで気温も高い。店の中は男たちの汗の臭《にお》いがムッと籠《こも》っていた。男たちの話し言葉は訛りが酷《ひど》くて、お甲には良く聞き取ることができなかった。

四十歳ばかりの番頭が、お甲に気づいて目を向けてきた。

「働き手をお求めですかい」

お甲は、仕立ての良い着物を着ている。働き口を求めてきた女ではないと、瞬時に値踏みをしたようだ。

「うちで手配できるのは男だけで、女中は扱っていねぇんですがね。それも力仕事ばっかりだ。算盤勘定や帳合のできる野郎をお探しなら、他を当たっておくんなさい」

江戸の商売人だけあって、実に気短《きみじか》な物言いだ。荒くれ者の人足ばかりを扱っているから尚更荒っぽい。

お甲は涼しい顔で首を横に振った。

「客じゃないのさ。ちょっと話を訊かせてもらいたくてね」

「客じゃねぇっていうと、仕事を探しているのかい。今も言ったが、ここじゃあ女に仕事を世話しちゃいねぇ」

日傭取りの中の一人が、舌なめずりをしながら、薄笑いを浮かべた。

「身体を売ろうってんなら、人宿を通すまでもねぇ。ここでオイラたちが買ってやるぜ」

　別の人足も下卑た笑いを浮かべる。

「こいつぁてぇした上玉だ！　姐《ねえ》さん、あんた、高く売れるよ」

　そこへノッソリと菊蔵が踏み込んできた。ヤクザ者より凄味の利いた強面で、店の中をジロリと睨みつける。

「やい、手前ェら。気をつけてものを言え。その顎を蹴り砕かれたくないのならな」

　人足たちは一斉に震え上がった。菊蔵は公事宿の下代として何度も生き死にの境をくぐり抜けてきた男だ。身についた殺気は本物であった。

　番頭が慌てて近づいてきた。

「こいつはとんだ平謝りだ。なにしろ田舎者ばっかりで、口の利きようも知らねぇんで。親分さん、姐さん、勘弁してやっておくんなさい」

　そう言って頭を下げてから、上目使いに二人を見た。

「それで、そちら様は、いってぇどちらの……？」

「俺たちは卍屋の者だ」

番頭の顔色が一瞬にして変わった。

「卍屋さん……と仰ると、あの、公事宿の卍屋さん？」

菊蔵はいかつい顎を引いた。

「その公事宿の卍屋だ」

人足たちも腰を抜かした。

「あの、噂に高い、三代目甲太夫さんのところの男衆かい」

などと、菊蔵の巨軀《きよく》を見上げて感心していたまでは良かったのだが、

「するってぇと、あんたは三代目甲太夫さんのお内儀さんかい」

「さすがは三代目甲太夫さんだ。天女みてぇな美形を嫁にしていなさる」

などと言い出したものだから、お甲の顔は怒りに引きつり、菊蔵は（どうしたものか）と、取り乱した。否定することはできないのである。

「やいやいっ、俺たちゃあ見世物じゃねぇんだ！　手前ェらにゃあ手前ェらの仕事ってもんがあるだろう！　昼日中っからくっ喋《ちゃべ》っていねぇで、とっとと仕事に向かいやがれ！」

まるで自分の店の者のように怒鳴りつけて追い散らす。人足たちは慌てて外に走

り出て行った。

菊蔵は無遠慮に店の中を睨み回した。

「ご主人はいなさるかい。公事の関わりで訊きてぇことがある。公事は御勘定奉行所の大ぇ事なお役目だ。そっちが忙しいことは見ればわかるが、ちょっくら時間を取ってもらいてぇ」

「へ、へいっ」

番頭は急いで奥に走って行った。

*

「あっしが人主の隈左衛門だ」

座敷の奥に陣取った、六十ばかりの良く肥えた男が、低い声音で名乗った。

人主とは奉公人の身元保証人のことで、人宿の主の別称でもある。荒くれ者の人足を束ねているだけあって、なかなかに貫禄のある、肝の太そうな老人であった。

「あんたが二代目甲太夫の娘さんかい」

お甲の顔を見つめて、なにやら目を細めた。

「父を、知っていなさるのですか」

父親の二代目甲太夫と、何らかの関わりがあるのかも知れない、と思い、お甲は公事師ならではの冷たい顔つきで質した。

隈左衛門はニヤリと笑って頷いた。

「知っているとも。俺もあいつも、公領の百姓衆が相手の稼業だ。貸し借りは常のことだったぜ。喧嘩出入りをしたことだってあらぁな」

「そうだったのですか」

「お前ぇの顔だって知ってる。もっともまだ、三つかそこらの餓鬼だったから、こっちのツラは覚えちゃいねぇだろう。フン、あんなちっちゃかった餓鬼がこんな大きな娘になりやがって……道理でこっちは歳をとるはずだぜ」

などと急に、老人の愚痴めいた物言いをして、さらに続けた。

「たいそうな評判の婿を取ったそうじゃねぇか。これで卍屋も安泰だな」

お甲の全身がまたしても凍りついた。返す言葉もなく黙っていると、その微妙な空気には気づかず、隈左衛門が大きく頷いた。

「ようし、それじゃあ婚礼の祝儀代わりだ。なんでも訊いてくんな。今日ばかりは腹蔵なく、話してやるぜ」

「それはありがてぇお志しでござんす」

物も言えないお甲の代わりに菊蔵が頭を下げた。

「それじゃあ、お言葉に甘えてお尋ねいたしやす。こちらじゃあ、笹島村の政五郎ってぇ抱元に、奉公人の手配を任せていなさると聞きやしたが？」

「ああ、政五郎か」

即座に思い当たったらしく、隈左衛門は渋い顔つきになった。

「公事宿の者が、政五郎について訊ねに来たってこたぁ、ついに野郎も公事《もん》に訴えられた、ってわけだな」

「そういうこってす」

「確かに野郎にゃあ、奉公人を集めてもらってる。村では抱元、こっちじゃ下抱《したがかえ》って呼んでるがな。この俺が、何月何日までに奉公人を何人集めてくれと書状を送ると、在郷にいる政五郎が、言われた通りに、百姓の次男坊やら三男坊やらを集めて寄越すってわけだ」

「そうやって江戸に送られた百姓は、どうなっちまうんですかえ」

菊蔵が鋭い目つきで切り込んだ。隈左衛門も不穏な顔つきで睨み返した。互いの胆力を量り合うような無言の時間が過ぎた後で、隈左衛門が答えた。

「お武家屋敷で奉公してるぜ」

「皆が皆、そうじゃねぇでしょう」

「何が言いてぇんだ手前ェ」

「政五郎に連れ出されたきり、村に戻ってこねぇ百姓がいる。それで村の名主さんや乙名さんたちは、たいそう迷惑をなさっているんですぜ」

「ふん」と、隈左衛門は鼻を鳴らした。

「なるほど。それで話は呑み込めたぜ。人攫《さら》いの咎で政五郎を訴えるってわけかい」

「政五郎が人攫いなのか、人食い鬼なのかはわからねぇ。ですがね、百姓が村から消えるってのは、お役人から見たら逃散《ちょうさん》だ。放っておいたら村の名主様まで、連座の罪を食らいかねねぇ」

「なるほどな。百姓らしい肝の細さだ」

「笑いごっちゃねぇでしょう。それについちゃあ、旦那さんも同じことじゃねぇんですかい」

隈左衛門は鼻で笑った。

「俺の身を案じてくれるってのかい」

「政五郎を訴える側に回らねぇと、政五郎と一緒に訴えられる側に回っちまう、って、言いてぇんですがね」

「なるほどな。この俺まで人攫いにされるってわけかい」

隈左衛門は少し、考える素振りを見せた。

「だけどな卍屋サンよ。政五郎に手出しするってのは、考えもんだぜ」

「どうしてです」と問い返したのはお甲だ。

隈左衛門はお甲に目を向けた。

「政五郎は同心の家の小者、つまりは岡っ引きだったんだぜ。野郎が〝明々白々な悪事〟を働きながら、今日まで無事でいられたのには、相応の理由《わけ》ってもんがある」

お甲の細い眉が少し顰《ひそ》められた。

「北町同心の槇田様が関わっていると？」

「何も訊くな。聞かぬが花。言わぬが花だぜ」

隈左衛門は大きな身体を揺すって座り直した。

「そっちが俺の身を案じてくれたからな、こっちもお前ぇさんたちの身を案じてやらぁな。この件からは手を引きな。首を突っこんだって、ろくなことにはなりゃあしねぇよ」

「卍屋は――」

お甲はキッパリと答える。

「受けた公事から手を引いたことはございません」

「フン、鼻息が荒《あれ》ぇな」

隈左衛門はせせら笑った。

「入り婿の三代目は、たいそうな切れ者らしいが、江戸で住み暮らす町人であるからには、町奉行所には逆らえめぇ。いや、逆らわねぇほうがいい」

「ご忠告は、この胸に刻みました」

「それじゃあ帰《け》ぇりな。俺も町奉行所は恐い。これ以上、何も話す気はねぇ」

隈左衛門は「ああ恐い恐い」と冗談めかして言いながら立ち上がると、奥の襖《ふすま》を開けて出ていった。お甲と菊蔵の前で襖がピシャリと閉ざされた。

「どうやら、今日はこれまでだね」

お甲は菊蔵に目を向けると、腰を上げた。

表店に通じる廊下を進む。店の小者が二人の雪駄を沓脱《くつぬ》ぎ石に並べた。

その時、店のほうから、小声で言い争う気配が伝わってきた。

「何べん言ったらわかるんでぇ。ウチじゃあ、そんな野郎は世話しちゃいねぇよ」

伝法な口調でそう言ったのは、先ほどの番頭だ。人宿は荒くれ男たちを指図している稼業なので、見た目や口調はヤクザ者も同然である。

続いて別の男の声が聞こえてきた。

「オラの弟を、村から連れ出したのは、お前ぇさんがたの抱元だぁ！　この店の指図で出稼ぎ者を集めているると、ちゃんと耳にしとるだぞ！」

お甲は柱の陰から顔を出して店の様子を窺った。三十歳ぐらいの男が店（一段高くなった板敷きの部分）に手を掛けて身を乗り出している。話から察するに、何処かの村の百姓のようだ。身形《みなり》は実に貧しげで、髪も着物も土埃に塗《まみ》れていた。

帳場格子《ちょうばごうし》に座った番頭は、露骨に迷惑そうな表情を浮かべている。

「知らねぇって言ったら知らねぇんだ。抱元は一人で何軒もの人宿の仕事を請けてる。お前ぇさんの弟を引き受けたのはウチじゃねぇ！　余所《よそ》の人宿で頼まれた仕事だろう。余所を当たってておくんなよ」

男は納得した様子もなく食い下がる。百姓だけあって、実に粘っこい。

「田舎もんだと馬鹿にするなら、村の者を引き連れて来て、押しかけるだぞ！」

「しつけぇな。商売の邪魔だ！　とっとと帰れ！」

ついには、追い出そうとした手代《てだい》たちと取っ組み合いを開始した。腕に嚙みついたり引っかいたりと、じつに浅ましい喧嘩が始まった。

お甲は素知らぬ様子で店を出た。しばらく歩いたところで足を止めて、菊蔵に目を向けた。

「今のお百姓を追けてちょうだい。どこかの村から出てきたようだけど、素性を確かめたほうがいいだろうね」

菊蔵は心得顔で頷いた。

「もしかしたらあの百姓も、政五郎に弟を攫われたのかも知れねぇですな」

「そうかもしれない」

「いっそのこと、声を掛けて話を訊き出したらどうですかね？」

「それは相手の素性を確かめてからだよ。なんだか、話が上手すぎるからね」

「と、いうと？」

「あたしらが政五郎について問い質しに行ったその時に、政五郎と関わりのありそうなお百姓が店先で騒ぎを起こした。出来過ぎてるとは思わないかい」

「なるほど。隈左衛門と政五郎が仕組んだ芝居かもわからねぇですな」

「そういうこと。でも本物だということも考えられるからね。もしも本物の手掛りで、公領の村から江戸に出てきたってのなら、話を訊き出さなくちゃもったいない。どこの旅籠に泊まっているのか、それを突き止めてきておくれ」

「宿を突き止めて、それからどうしやす」

「宿帳には、道中手形の写しがあるはずさ」

江戸時代の人間は、在所の外に出る際には必ず手形を携える。そして旅籠は、手形を持たない人間を泊めることはしなかった。

「旅籠の者に銭を握らせれば、宿帳をこっそり見せてくれるだろうさ」

「なるほど。合点だ」

その程度の悪知恵を働かせないことには、公事師の仕事は務まらない。

隈左衛門店《だな》から百姓男が追い出されてきた。男は店の中に向かって悪態をついた。

お甲と菊蔵は物陰から様子を窺った。

男はトボトボと背中を丸めて歩きだした。

「それじゃあ早速、野郎を追けやす。……ご名代は？」

「あたしは卍屋に戻る」

「鼬に追けられておりやすぜ？」

「心配要らないさ」

お甲は帯の鉄扇を叩いた。

「違ぇねぇや」

菊蔵はニヤリと笑うと、身を翻して走っていった。

二

お甲は卍屋への道を、ゆったりと歩み続けた。

（しつこく追けて来るようだね……）

鼬ノ金助の気配が後を追ってくる。首筋の辺りに、チリチリと視線まで感じた。

一休みするふりをして、茶店に入った。店に入る時に横目を向けると、慌てて物陰に飛び込む金助の姿が見えた。

（やっぱり、槇田には疚《やま》しいところがあるんだね）

さもなければ小者を張り付けたりはするまい。

（こっちも、槇田と隈左衛門店からは目が離せないね）

この件に専従する下代の数を増やした方がいいかもしれない——などとお甲は考えた。

お甲はゆるゆると茶を喫した。店の裏口から逃れる手も考えたが、町方《まちかた》同心の手下が手荒な真似をするとは考えにくい。

（表道を通って帰ろう）

どうせこちらの身分や棲家《すみか》は知られているのだ。隠すことなど何もなかった。

＊

菊蔵は大きな身体を小さく丸めて、百姓男を尾行し続けた。

男はまったく垢抜けない身形だ。こざっぱりとした江戸っ子たちの中では実に目立つ。距離をおいても見失う心配はほとんどなかった。

（東へ向かっていやがるな）

江戸からは外に向かって六本の大道が延びている。西へ向かうのは東海道と甲州道。北へ向かうのは中山道《なかせんどう》と日光道。東へ向かうのは水戸道と成田道だ。

(やはり、下総の百姓か)

そうだとしたら、政五郎の一件と繋がっている可能性が高い。

男の足は意外に速い。

(このまままっすぐ、田舎に帰られたりしたら、やっかいだな)

江戸の東へは、道を歩くより舟を使ったほうが便利が良い。乗合舟なら船賃もさほどに高くつかない。

(小名木川《おなぎがわ》から中川に出て、松戸まで舟で行かれちまったら、見失いかねねぇぞ)

江戸の水路を行き来する舟は多い。見失いたくないなら、同じ舟に乗り込むしかないが、それだと尾行に失敗する。

(さて困った)などと思案しながら、足を急がせていた時であった。

小石が背中にポンッと当たった。

(誰でぃ！)

故意に投げつけられたことがはっきりわかった。菊蔵は険しい顔で振り返り、背後の雑踏に目を向けた。

商家に挟まれた道の真ん中に、三度笠を被り、合羽を着けた男が立っていた。脛《すね》には脚絆を巻いて草鞋履き。笠をちょっと前に傾けている。

笠の下から覗けた口許が、ニンマリと笑った。

「あっ、手前ェは！」

菊蔵は一目で見抜いた。このふざけたツラつきを見忘れるはずがない。何度も頭に思い返した、卍屋の仇敵《きゅうてき》だ。

（このいかさま野郎ッ！）

いっとき尾行の務めも忘れ、拳骨を握って躍りかかろうとしたその時、いかさま師が片手の指で笠をちょっと持ち上げて、蕩けるような笑顔を向けてきた。

「菊蔵、そこで何をしている」

卍屋の主の、三代目甲太夫になりきった口調だ。

菊蔵は前のめりになりながら踏みとどまった。

（……この野郎が公事師ヅラをして俺の前ぇに出てきやがったってこたぁ……）

菊蔵はいかさま師の立場も理解している。卍屋の者に捕まったら酷い目に遭わされる。否、遭わせてくれる。そんないかさま師が好んで姿を現わすはずがなかった。

(二人揃って公事宿の主従のふりをしなくちゃならねぇ場面ってことか)

菊蔵は周囲に目を向けた。自分たちのことを公事宿の主と奉公人だと思い込ませなくてはならない誰かがいるのだろうか、と思ったのだ。

しかし、それらしい者の姿は見当たらない。

いかさま師は笑顔の顎を、くいっと、道の先に向けた。

「面白いお人を追けているようだね。どういう風の吹き回しかね」

あの百姓のことを言っているのだと気づいた。菊蔵は顔をしかめて、小声で問い返した。

「あの百姓を見知ってるのか」

いかさま師はツルリとした顔つきで頷いた。

「見知っているともさ。あたしと同業だ」

菊蔵は一瞬、喉をつまらせた。

「……ってこたぁ、いかさまを稼業にしている悪党ってことか」

「その通りだね」

「公領の百姓じゃねぇんだな！」

「江戸のお人ですよ。もっとも、そういう稼業だ。塒《ねぐら》は転々としているけどね」

「畜生！」

怒る菊蔵を尻目に、いかさま師は忍び笑いを漏らした。

「なんだね、また騙されたのか」

「またとはなんだ！　またとは！」

「あたしが通り掛かって良かったね。さもないと、また、騙されるところだった」

いかさま師はしつこく〝また〟を繰り返した。

「くそっ、捕まえてとっちめてやる！　いや、手前ェをとっちめるのが先だ！」

顔面に怒気を漲《みなぎ》らせた菊蔵を、いかさま師は、さも、面白そうに眺めた。

「おやまぁ。人が親切にも、騙されてることを報せてやったのに、なんたる恩知らずだ。……あたしのことより、今、あんたらを騙そうとしているお人に、手を打ったほうがいいんじゃないのかね」

菊蔵は道の先に目を向けた。しかしもう、百姓の姿はどこにもない。

「悪事が露顕したと覚って逃げたんだね。今までは、お前に追けられていると知りながら、追けさせていた。お前をここまで引っ張り出すための企みだったのだろう。で、それは、いったいどうしてなんだろうね」

菊蔵は「ハッ」とした。

「俺とお嬢を引き離すためか！」

「おや？　お甲ちゃんがどうかしたかえ」

「手前ェにゃあ関わりがねえッ」

菊蔵は元来た道を走り出した。

*

お甲は歩を進めている。

春である。江戸は百万の人口を抱える都市だが、その割には緑も多く残されており、市中の真ん中に田畑が広がっていたりもする。江戸市中の百姓を支配するために、関東郡代（関東地方の総代官）の役人が検見をして回っていたほどだ。

畑や掘割の土手からは、濃い陽炎《かげろう》と新緑の香りが立ち上っていた。お甲は長閑《のどか》な風景よりも公事の緊張感を愛する女であったが、それでもやはり、咲き誇る花々に目をやると、思わず頬が綻《ほころ》ぶことを抑えられはしなかった。

お甲は、知らず知らずのうちに町人地の喧騒から離れて、静かな堀端へと足を進めていた。風に乗って運ばれてきた花の香りに目を細めた、その時であった。

お甲は背後に不穏な気配を感じて振り返った。荒々しい足音が近づいてくる。物陰から現われた男たちが三人、お甲を取り囲んだ。

お甲は左右に目をやった。掘割沿いの人気《ひとけ》の少ない広場である。元々は商家の荷揚げ場だったのだろうが、その店が潰れてしまい、以来、荒れ放題に放置されている様子であった。

（こういう人気のない場所に、あたしが踏み込むのを待っていたってわけね）

大声を張り上げても、すぐには人が駆けつけてきてくれそうにない。

もっとも、お甲は助けなど呼ぶつもりもなかった。落ちついた表情で、自分を取り囲んだ男たちに、一人一人、目を向けた。

男たちは懐に片手を突っ込んで、匕首を握っていることを示しているが、その腰つきは据わらず、身構えも不器用で隙がありすぎる。

（武芸を鍛えた男は一人もいない）

ヤクザ者なら三下《さんした》と呼ばれるような、つまらぬ者たちばかりであった。

（こんな男たちが相手なら、あたし一人でお釣りが来るわ）

公事師は危険な仕事である。お甲は我が身を守るため、小太刀《こだち》の修練を積んでいた。

男たちは下品な笑みを浮かべながら、包囲の輪を狭めてきた。

「へへへ、姐さん、ずいぶんな美形じゃねぇか」

「俺たちゃあ暇を持て余してるんだが、吉原《よしわら》に行く銭もねぇんだ。ちっとばかり、遊んでもらえねぇか」

髷もろくに結っていない蓬髪《ほうはつ》の痩せた男と、肩に継ぎ当てのある着物に無精髭《ぶしょうひげ》の伸びた顔の男がそう言った。もう一人の大柄な男もゲラゲラと笑っている。

お甲もまた、口許に微笑を含んで、質した。

「あたしを襲えって誰に頼まれたの？」

大方、鼬ノ金助の息がかかった悪党たちに違いない――と予想した。同心の小者は、小悪党の罪を見逃すことと引き換えに、自分の子分として使う。

（やっぱり、ここで助けは呼べないね）

と、お甲は思った。番小屋の者が駆けつけてきてこの男たちを取り押さえたとしても、番小屋は町奉行所の支配下に置かれている。槇田亀三郎の裁量で、ろくな取り調べもなく解放されてしまうだろう。

（あたしの手で取り押さえて、締め上げるしかなさそう）

お甲は腰の鉄扇を握り直した。

その鉄扇は、傍目《はため》には優美な扇に見える。無精髭の男が黄色い歯を剝き出しにして笑った。

「なんだい、この姐さん、踊りでも舞ってくれるのかよ」

そう言いながら不作法に腕を伸ばしてきた。

お甲はその腕を無造作に打った。無精髭の男は「ギャッ」と叫んで腕を押えた。真後ろにヨタヨタと退いて、腰をストンと落とし、両膝を地べたについた。立っていられないほどの激痛に襲われたのだ。

それでも周りの男たちは、何が起こっているのか、まったく理解することができないらしい。

「おい、どうした弥助《やすけ》。女に打たれた手が、そんなに痛《いて》ぇのかよ」

などと冷やかして笑っている。

無精髭の弥助が涙の滲《にじ》んだ顔を振った。

「ただの扇じゃねぇ！　鉄を仕込ませていやがるぜ！」

「何ィ！」

痩せた男と大男とが顔色を変えた。

「ふざけやがって！」

痩せた男が懐から匕首を引き抜いた。刃《やいば》をチラチラと振って威嚇する。

お甲は鼻先で笑った。この悪党は短刀の使い方をまったく理解していない。小太刀の名手のお甲の目には子供の剣術ごっこと同じに映った。

「コンニャロッ！」

痩せた男が匕首を突き出してくる。お甲は易々《やすやす》と打ち払った。

「クソッ！　クソッ！」

痩せた男はムキになって、匕首を振るう。ところが腰が引けている。いわゆるへっぴり腰だ。

お甲は鼻先で笑いながら男の攻撃を軽くあしらった。いよいよ激昂した男が、

「うぉりヤッ！」

無理に突っ込んできたところを、体《たい》をかわしながら、バチッと鋭く打ち込んだ。

「ぎゃあっ！」

手首を打たれた男が悲鳴を上げる。骨が折れたのか、握っていられなくなった匕首が地面にガチャリと落ちた。

これで二人が倒された。最後に残った大男がどんぐり眼《まなこ》をカッと見開いた。

「クソ女《あま》ッ、調子に乗りやがって！」

大男は急いで身を翻して走った。何をするのかと思っていたら、空き地の隅に転がっていた棒杭《ぼうくい》を摑み取って戻ってきた。長さも太さもかなりの物だ。

「ウオラアッ！」

雄叫《おたけ》びを上げながら棒杭を振り回す。短刀同士の戦いでは勝ち目がないと覚って、長物で戦う策だ。

力任せの棒杭を鉄扇では受けきれない。お甲は真後ろに跳んで避《さ》けた。

大男は何度も棒杭を振るったが、そのたびに空振りして地面を虚《むな》しく叩いた。

「チョコマカチョコマカと跳ね回りやがって！　いい加減に観念しろぃ！」

怒りを籠《こ》めてブウンッと振り下ろすと、お甲の体勢が崩れた。腰砕けになって地べたに片手をついた。

しめた！　と思った男が大きく前に踏み出した時、お甲の腕が鋭く振られた。鋼色の光鋩《こうぼう》がまっすぐに跳んで、大男の腕を貫いた。

「げえっ」

大男が腕を押える。お甲が投げた匕首が刺さっていた。

別の男が取り落とした匕首を拾って投げたのだ。お甲の体勢が崩れたように見えたのは、匕首を拾い上げるため、だったのである。

大男の手から棒杭がゴロンと落ちた。

「敵わねえ！」

弱い者が相手ならどこまでも強く出るが、強い者が相手となると、簡単に闘争心を失うのが悪党だ。困難や苦労に立ち向かう気力がないから、悪党にしかなれなかったのだから当然の気質である。

大男は恥も外聞もなく、ほうほうの態《てい》で後退した。

立ち上がったお甲が、ジリッと前に踏み出す。小悪党三人は怯えた顔つきで後ずさりした。

（さて、どの男を取り押さえてくれようか）

などと冷たい目つきで物色する。悪党三人組から見れば、白蛇に睨みつけられたような恐ろしさだったに違いない。整った美貌の持ち主だけに、なおさら恐い。

三人組が完全な及び腰になったその時、

「おいっ、こっちだ！」

掘割から鋭い声が掛けられた。

三人組とお甲が同時に目を向ける。空の猪牙船《ちょきぶね》が一艘《そう》、流れを下ってやってきた。

「早く乗れ！」

猪牙船で棹《さお》を握った男が叫んだ。手拭いで顔を隠していて、人相はわからない。

しかし悪党たちには、それが誰なのかわかったようだ。

三人は急いで身を翻すと、堀端の土手を跳んで、舟へと乗り移った。大男はそこまで身軽ではない。ドボンと堀に飛び込み、ザバザバと水をかきわけながら逃れて、仲間の手で舟の中に引き上げられた。

「待ちなさいッ」

お甲も後を追う。しかし、舟に飛び移るのは難しい。宙に跳んだところを棹で迎え撃たれたら、こちらは無防備。対抗できない。

しかも船頭は、懐から何かを摑み取って、投げつけてきた。

(石礫《いしつぶて》ッ?)

握り拳ほどの石が音を立てて飛来する。お甲は鉄扇で打ち払った。

船頭は次々と投げつけてきた。打ち払うのにも限度がある。お甲は横っ飛びして避けながら、草むらの陰に飛び込んで身を伏せた。

船頭は棹に握り直して舟を流れにのせた。舟はどんどん遠ざかっていくが、石礫があるので迂闊《うかつ》に追うこともできない。

そこへ菊蔵が駆けつけてきた。

「お嬢！　い、いや、ご名代！」

横たわったお甲の姿を見て、菊蔵は激しく取り乱している。

「あたしは大丈夫。あの舟を追って！」

お甲は言うなり立ち上がった。自分から先に立って走り出した。

＊

お甲と菊蔵は堀端を走った。悪党たちの舟は遠くに見え隠れしている。

「どうしてここへ来たの？」

「ご名代の声が聞こえやした。騒ぎを聞きつけて野次馬も集まっていやしたし」

「そうじゃなくて……追けていたお百姓は？」

「実は――」

菊蔵は言い難《にく》そうにして、いかさま師との顚末《てんまつ》を伝えた。

「あのお百姓は、いかさま師の仲間？」

「いや、一味同心ってわけじゃねぇみてぇでしたが、『同業だ』とは言っていやした」

「やっぱりこの一件、アイツが裏で糸を引いているの？」

「そいつぁどうでしょう。ご名代の窮地を報せてくれたのは、野郎ですし……」

「そんなのわからないさ。味方ヅラをして、こっちを騙そうって策かもしれない」

深読みをしていたらきりがない。しかし相手の腹の内を読み切ることが出来なければ、こっちの負けだ。

その間も悪党の舟は掘割を縦横に縫って進んでいる。

「そろそろ大川に出ちまいやすぜ！」

「いったいどこまで行くつもりだろう」

二人は大川端に出た。川幅百間を超える大河が滔々《とうとう》と流れていた。永代橋《えいたいばし》の長さが百十間《けん》（約二百メートル）である。向こう岸は春霞《はるがすみ》の中に煙って見えた。

春の大川は、上州や野州の雪解けによって水量を増す。ところが舟は、難無く流れを乗り切って行く。

「くそっ、こっちも舟を仕立てなくちゃダメだ」

菊蔵は川の土手を駆け下りた。桟橋で呑気に煙管を燻らせていた船頭を捕まえる。

「おい、とっつあん！　あの猪牙を追ってくれ！」

船頭はビックリした顔をしたが、菊蔵が手に金を握らせると、

「よしや。任せとけ」

勢い込んで、もやい綱を解き始めた。

お甲と菊蔵が舟に移る。船頭は棹で桟橋を突いて、舟を押し出した。

＊

悪党どもを乗せた猪牙船は、河口を目指して進んでいく。お甲たちの猪牙船は距離をおいてその後を追った。

「お前ぇさんがたは、お役人の手先かい。いや、女がお役人の手先を務めるとは思えねぇ。すると、借金取りか何かかい」

　船頭が話しかけてくる。

「煩《うるせ》えなぁ。しっかり櫂《かい》だけ握ってろよ」

　菊蔵が顔をしかめるが、船頭は屁でもない。

「なぁに、この辺りであっしより速く舟を漕げる船頭はいねぇ。逃がす心配《しんぺ》ぇは要らねぇ。追い越せってんならこっちも苦労だが、間を空けて追けるだけなら片手間仕事よ。それで、あんたらはいってぇ何者《なにもん》なんだい」

　菊蔵は首を横に振った。

「片手間仕事ってのも質が悪ぃぜ……」

　などと言っているうちに、問題の舟が進路を変えた。

「いったいどこへ行くつもりだろう?」

「あの小島に向かっているようですぜ」

　河口近くの中州であろうか、こんもりと盛り上がった島が見えた。上流から流れてきた土砂が、堆積してできた島のようだ。

このような中州が毎年のように出現し、どんどん土砂を集めて島となって、ついには陸地と繋がり、何十年か後には、人の住む町へと変貌《へんぼう》する。そうやって大きくなった町こそが江戸であった。鉄砲洲《てっぽうず》などがその典型だ。元は火縄銃のような形をした細長い中州だったという。当時の地形を名前にだけ留《とど》めている。

春霞のせいで、島の様子はよく見えない。だが、なにやら小屋が建ち並び、島の周りには柵《さく》が巡らせてあるようだった。

「栈橋もあるようですぜ」

菊蔵がそう言った。悪党の舟は島に着けようとしている。

「とっつあん、あの島はいってぇなんなんだい」

菊蔵は何気なく振り返って、それから怪訝《けげん》そうな顔をした。ほんの今まで意気揚々として、口数も多かった船頭が、顔面を蒼白《そうはく》にして、頰を引きつらせている。

「お前ぇさんがたは、あの島に用があったのかい！　そいつぁ駄目だ！　舟を返させてもらう！」

言うやいなや、いきなり舳先《へさき》を巡らせた。菊蔵は思わず船底で転げそうになった。

「おいっ、なんだよ！　どうしたんだ！」

「どうしたもこうしたもねぇッ。あっしだって命は惜しいんだ！」

お甲は眉をひそめた。

「命が惜しい？」

「そうだい。あんな島に近づいたら、命がいくつあっても足りやしねぇ！」

後はもう、何を言っても聞き耳を持とうとはしなかった。「船賃は返す」とまで言い出されては仕方がない。お甲は、近くの桟橋に寄せてくれるように頼んだ。

舟は、謎の小島の対岸にある、小さな河岸《かし》へと着けられた。「返す」という銭は受け取らず、船頭に別れを告げた。

「なんだか妙なことになってきやしたね」

河岸に立ち、霞の向こうの小島に目を向ける。

「政五郎と、人宿の隈左衛門。それに北町の槇田は、あの島に関わりがあるんでしようかね？」

「あの島がなんなのか、それがわからないのでは、なんとも言いようがないね」

菊蔵は太い眉を寄せた。

「どうにかして、島に渡れねぇもんかな」

「小屋がある、ということは、人が住んでるということだろう。食べ物を運び込まなくちゃいけないはずさ」

「そうですな。そいつを請け負ってる船頭を見つけ出せば……」

「まずはそれが先だろうね」

菊蔵が「おや？」と目を上げた。

「言ってる傍《そば》から、舟が出てきやしたぜ」

「こっちに向かってくるようだね」

小島を離れた舟が川をよぎって来た。五十過ぎの白髪頭の船頭が、歳にも負けぬ威勢の良さで櫂を漕いで、近くの桟橋へと舟を着けた。

「行ってみよう」

お甲が歩きだす。菊蔵が続いた。

船頭の親仁《おやじ》は桟橋に下りると、もやい綱を杭に巻いて締めた。舟を繋留《けいりゅう》しておいて、桟橋との間に板を掛けると、積み荷の桶を天秤棒に引っかけて運び始めた。

「親仁め、鼻唄なんぞを歌ってやがる」

船頭は丸顔で、機嫌がすこぶる良さそうだ。足腰も衰えてはいないらしい。軽々と河岸の石段を上ってくると、桶を下ろし、天秤棒を外して、再び舟に戻った。こうやって積み荷を全部下ろすつもりでいるらしい。

「銭さえ握らせりゃ、話を訊き出せそうですぜ」

菊蔵は、船頭の純朴そうな顔つきを見定めると、河岸へと歩み寄っていった。

「ちょっと親仁さん」

菊蔵が声を掛ける。親仁は「おいよぅ」と、間の抜けた声を上げた。

「オイラを呼んだか」

天秤棒を担いだまま、二人に目を向ける。

「オイラが運んでるのは汚穢《おわい》だ。近寄ると、そっちの姐さんの綺麗《きれい》な着物に引っ掛かるよ」

桶には蓋《ふた》がしてあったが、糞尿の異臭が漂ってきた。

菊蔵は眉をひそめた。その理由は、臭かったのと、不思議に感じたのと、両方だ。

「なんだって、こんなに汚穢が溜まってるんだ。これは全部、あの島から運んできたのかい」

「なんだね、お前さんがたは」

親仁が桶を下ろして、腰を伸ばしながら訊いた。

菊蔵は、汚穢運びの親仁になど触りたくもなかったのだが、仕方がない。手をとって、その手のひらに二朱ばかり握らせた。

「なんのつもりでぇ、これは」

親仁は目を丸くさせた。

「初めて会ったお前ぇさんがたから施しを受ける謂《い》われはねぇぜ」

「こっちも施しのつもりじゃねぇ。ちっとばかり、話を訊かせてもらえねぇか」

親仁は指先で二朱金を摘みながら訊き返した。

「どんな話だ」

「あの島のことだがよ」

菊蔵は向こう岸に目を向けてから、視線を汚穢桶に戻した。

「こんだけの糞尿を運んでくるってこたぁ、あの島には、よほどの大人数がいるみてぇだな」

「なんだってそんなことを訊くんだよ？」

親仁は唇を尖らせた。すると、いかにも間の抜けた顔つきになった。三枚目の狂言役者（芝居のお笑い担当）になったら大成しそうだ。

菊蔵は努めて表情を和《やわ》らげた。

「俺たちは、人探しをしているんだ」

親仁はますます面白い顔つきで首を傾げた。

「お前ぇさんがた、役人の手先かい」

「そうじゃねぇよ。本当にただの人探しだ」

お甲が菊蔵の後ろから声を掛ける。

「どうして、役人が探索の手を伸ばしてきた、なんて思うの？」

「だってよ、島ンなかにゃあ、いかにもいわくありそうな男たちが……おっと、口が滑った。これ以上は言えねぇ。これは返す」

親仁は二朱金を摘んだ指を突き出してきた。

菊蔵は（糞のついた指で触った金なんか受け取れるかよ）と思いつつ、愛想笑いを浮かべた。

「受け取っておくんなよ」

「そうはいかねぇよ。島にはおっかねぇ親分衆がいっぱいいるんだ。オイラが島のことを漏らしたと知れたら、何をされるかわからねぇ」

本気で怯えているらしく、首をプルプルと左右に振った。

「おっかねぇ親分衆だと？」

「そうだよ。あちこちから若い者を集めてきて、働かせてるんだ」

菊蔵はお甲に目を向けた。お甲もそこに政五郎の影を感じ取ったのか、険しい顔つきで頷き返した。

お甲は親仁に訊ねた。

「あたしたちが島に入る方法はないかしら」

親仁は首を横に振った。

「島には舟でしか行けねぇ。舟で漕ぎ寄せても、桟橋に着けられるのは鑑札を持ってる船頭だけだ」

親仁は首から下げた木の札をチラリと見せた。

お甲は鑑札に目を向けながら重ねて質した。

「島の御支配はどちらのお役所？」

江戸の近くでこれだけのことをするからには、公儀の役所の支配を受けているはずだ。

親仁は答えた。

「御普請奉行《ごふしん》様だって、聞いたな」

お甲は無言で頷いた。それから袂《たもと》に手を入れて、小判を一枚、摘み出した。

「なんだぇ、その金は」

「しばらくの間、あたしたちに手を貸してほしいの」

「手下《てか》になれってことかい？」

お甲は頷いた。

「あたしたちが抱えている一件が片づくまでの間だけね。まずは、あたしたちをあの島に連れていってちょうだい」

親仁は大金とお甲を交互に見ながら、尻込みした。

「だからよ、それはできねぇって……」

「それなら、島の近くに寄るだけでも」

「み、見張りがいるから、昼間は無理でぃ」

「夜なら?」

親仁は無言で考え込んだ。命は惜しいが、目の前の金も惜しい。

「ようし、わかった! 夜、島に近寄るだけだぞ」

「今夜、確かにお願いね。ところで、名前は?」

「太郎次《たろうじ》……」

お甲は太郎次に小判を手渡した。

「おっと……」

生まれて初めて手にした小判だったのかも知れない。太郎次は緊張してしまったのか、小判を取り落としそうになった。

*

どこからともなく時ノ鐘が響いてきた。暮六ツ。陽が沈むと間もなく辺りは真っ暗になった。

濃霧が音もなく流れている。その中を一艘の小舟が、櫂を軋ませながら進んできた。

舟の舳先には棹が立てられ、提灯《ちょうちん》がひとつ吊るされてあったが、それは衝突除けの目印であって、一間先すら、照らす役には立たなかった。

チャプチャプと波音が立っている。水面から潮の臭いが立ち上ってきた。

「上げ潮でさぁ。海の水が、大川を遡《さかのぼ》ってくるんで」

櫂を握った太郎次がそう言った。

「さぁて、そろそろですぜ。地獄の鬼の〝鬼ケ島〟だ」

舟には、お甲と菊蔵が乗っていた。二人とも身を低くして、行く手に目を凝らしている。太郎次は静かに櫂を使った。

「表向きには人足島なんて呼ばれていますがね。誰もそんな名前じゃ呼んじゃいねえんでさぁ。あそこは地獄の一丁目ですぜ」

夜霧の中にぼんやりと、橙色《だいだいいろ》の明かりが浮かび上がった。篝火《かがりび》のようだ。舟が近づくに連れてはっきりと見えてきた。

松明《たいまつ》の向こうに見えるのは、黒々とした建物である。

「なるほど、人足小屋だ。十か、二十か。ずいぶんと建っていやがる」

菊蔵が目を凝らしながらそう言った。

太郎次は櫂を使いつつ、

「一棟に、二十から三十の人足が寝起きしておりやすぜ。お陰でこっちは汚穢の運び出しにおおわらわだ」

「ざっと見積もって五百人かい。ずいぶんと人を集めていやがるな」

「人手はいくらあっても足りねぇからね。なにしろ泥水は川上からいくらでも流れてきやがる。川底を浚《さら》っていねぇと舟が通れなくなる。上州の山焼けのせいだ」

山焼けとは火山の噴火のことだ。浅間山《あさまやま》の噴火によって発生した土石流は、上野国を縦断して武蔵国の深谷にまで達した。

噴火は収まったけれども、土石と火山灰は、川の水によって運ばれてくる。浅間山の噴火は上野国の農業に打撃を与えたが、江戸の水運も大きな害を被っていたのである。

太郎次は櫂を握る手に一際力をこめた。

「こっちの稼業もあがったりだ。船が川底に支《つか》えて、にっちもさっちもいかなくなっちまう」

「川浚いのために、集められた人足ってわけか」

江戸は百万の人口を抱えている。消費される食材や、煮炊きに必要な薪や炭は、すべて、余所から運び込まねばならない。これらの膨大な物資の輸送は荷車などではとうてい間に合わない。一度に大量の荷を運ぶことのできる舟運《しゅううん》に頼らなければならないのだ。

菊蔵は「ふぅん」と鼻を鳴らして、考え込んだ。

「どうしてそんな仕事を、お前ぇがいうところの〝おっかねぇ親分衆〟に仕切らせて、厳しく見張らなくちゃならねぇんだ？　御普請奉行所のご支配なんだろ。疚しいことがあるとは思えねぇ」

太郎次は恐ろしそうに身震いした。

「川浚いは命懸けの仕事ですぜ。大きな舟を通れるようにするってことは、それだけ深く潜って、泥を掻き出さなくちゃならねぇんで。ちょっとでも流れに呑まれたら、それでお陀仏《だぶつ》だ。骸《むくろ》は海まで流されちまって、それきり浮かび上がらねぇってことも多いんでさぁ」

「泳ぎが達者な者にしか務まらねえな」

「泳ぎが達者な野郎でも、長いあいだ水に浸《つ》かっていると、身体が冷えて手足が動かなくなるのよ」

「なるほど、そいつは厄介《やっかい》だな」

「給金をいくら弾んでも、なかなか人が集まらねぇって話ですぜ」

そう言っていた船頭が、突然に舳先を巡らせた。

「おっといけねぇ。見張りの舟が寄ってきやがった」

お甲は質した。

「見張りの舟？」

「ほぅら、あそこでさぁ。見えやせんかい？」

船頭は櫂を使いつつ顎の先で示す。

「提灯が二つ、闇の中で揺れてらぁ」

確かに、小さな明かりが二つ、こちらに向かって来るようだ。

「あの人足島は、御普請奉行様のご支配で、見張りの舟にはお役人様が乗っておられる。だけんどおっかねぇのはお役人様じゃねぇ。一緒に乗ってる荒くれ者どもだ。人足小屋を仕切っているのは、その荒くれ者どもですぜ。うっかり捕まったりしたら、人足にされちまいやすよ」

「通りすがりの舟まで詮議するのかい」

「へい。あの島には人足の給金が山と積まれているから、盗人《ぬすっと》を近づけさせねぇ用心だ、なんて言ってやすがね。あっしたちは、人足を逃がさねぇための見張りだろうって、睨んでおりやす」

「逃がさねぇための見張りだと？」

「へい。どこからか無理やりに連れてこられた人足たちが働かされてる。人足たちは逃げ出したくってしかたがねぇ。島の外にいる仲間に繋ぎをつけて、助け船を頼むことがあるかも知れねぇ。その舟を追い払うのが、見張りの仕事ってわけでして」

太郎次は力を込めて櫂を握り直した。

「さぁ来たぞ！　捕まったら面倒だ。あっしは大ぇ事な鑑札を取り上げられちまう。大川の流れに乗って逃げやすぜ！　ちょっくら揺れるが、しっかり摑まっておくんなよ！」

舟は島から大きく離れた。大川の本流に突入する。斜めに傾きながら海の方へと流され始めた。

見張りの舟はそれで満足したのか、後を追って来ようとはしなかった。流れに呑まれることを恐れたのかもしれない。

太郎次は苦労しながら舟を立て直した。大川の西岸を目指して漕いでいく。

「肝が冷えたぜ」

舟の揺れが治まったのを確かめてから、菊蔵がホッと息をついた。

お甲は菊蔵に目を向けた。

「政五郎が村から連れ出して、行き方知れずになった若い者たちは、あの島に囲われているのかも知れないね」

「あっしも同じ考えでさぁ」

「村では、お武家屋敷の奉公を紹介すると偽っておいて、江戸に連れ出してから、あの島に押し込めてしまう。下総の村のお人だもの、島の外に助けを求めることはできやしない」

そうこうするうち、舟は大川を遡り、西岸にある北新堀河岸に着いた。日本橋川が大川に注ぎ出る辺りである。

「おう、太郎次。ご苦労だったな。これからも頼むぜ。これは今夜の酒代だ。取っておきねぇ」

菊蔵は太郎次に銭を握らせた。

「何から何まで……。こっちこそよろしく引き回しを頼むだ」

二人は太郎次に見送られて桟橋に降りた。陸地に上がって、卍屋のある馬喰町を目指して歩きだす。

「あそこまで厳しく見張られていたのでは、探りを入れるのは面倒だね」

お甲が言うと、菊蔵は不敵な笑みを浮かべた。

「裏から行くのは面倒ですがね。表から堂々と乗り込むってぇ手もありやすぜ」

「堂々と？」

「あの人足寄場は御普請奉行所の御支配ですぜ。だったらこっちは、御勘定奉行所のお役目で、表門から踏み込めばいいいってこってす」

「ふむ」

「幸い、こっちには公事の願が出されておりやす。政五郎の公事に必要な証人を探している、と言えば、御普請奉行所は、邪魔だてできないでしょうぜ」

「なるほどね」

お甲は夜空を見上げた。

「北町奉行所の次は、御普請奉行所まで敵に回そうってのかい。命がいくつあってても足りないね」

菊蔵はニヤリと笑った。

「それで退くようなご名代じゃあございますまいよ」

お甲も無言で微笑み返した。

第四章　同心と娘

一

翌日の午後、早速にもお甲は問題の人足島に向かうことにした。

相原喜十郎には書状を認《したた》めてもらった。それを懐に堂々と、島へと通じる渡し場に向かった。

渡し場には川浚いに使用するらしい道具や、人足たちの食料となる米や青物が積み上げられていた。

裁《た》っ着《つ》け袴に袖無しの羽織を着けた武士が、荷を運ぶ男たちに指図をしている。

身形から察するに軽輩の小役人だ。お甲と菊蔵が近づいていくと、小役人は尊大な目つきを向けてきた。

「町人、何用だ」

お甲は懐から書状を出して小役人に見せた。謎めいた島ではあるが、普請奉行所による公的な支配地である。勘定奉行所が出した書状には、十分な効き目があるはずだった。

「御勘定奉行所の使いで、島に渡ると申すか」

お甲は低頭して、答えた。

「支配勘定、相原喜十郎様の御下命を受けてございます」

小役人は致し方なさそうに頷いた。

「わかった。舟に乗れ」

書状も、心なしか丁重に、戻してきた。お甲は丁寧に一礼した。

お甲と菊蔵は舟の舳先の方に座った。舟はすぐに栈橋を離れた。

大川を過《よぎ》って舟は進む。問題の人足島が近づいてきた。

島とはいっても、実態は中州である。少しだけ小高く盛り上がった地面が、砂州に囲まれているようだった。

この砂州が曲者《くせもの》で、川底を掘って造った行路しか通航できない。地形を良く見知った者が舟を扱わないと舟底がつかえてしまう。歩いて渡るのも難しそうだ。そのうえ島の周囲には、木の柵まで巡らせてあった。

(忍び込むのも、逃げ出すのも、難しそうね)

戦国時代であれば水城としても、十分に機能したに違いない。

舟は人足島の桟橋に着いた。桟橋の向こうには柵と門扉とがあった。

人足たちは舟を降り、荷を担いで門に向かった。お甲も菊蔵を従えて歩んでいく。

門の横の小屋から、羽織を着け、裁っ着け袴を穿いた武士が出てきて、お甲を睨みつけた。

「見慣れぬ顔だな。何用だ」

いきなり居丈高な物言いだ。島の厳しい警戒ぶりが伝わってきた。

お甲は低頭して答えた。

「手前どもは、御勘定奉行所ご支配の公事宿、卍屋の者にございまする」

「公事宿じゃと?」

武士は不審そうな顔をした。卍屋甲太夫の名も知らないようだ。

公領ならば、三代目甲太夫の名は高いが、普請奉行の配下の者にとってはそうではない。公領の百姓町人の暮らしなど、自分の役儀とは関わりがないから当然だ。徳川家の武士は、江戸から一歩も外に出ないで、一生を終える者も珍しくはなかった。

　お甲は目を伏せたまま答えた。

「手前どもの公事宿で、お引き受けした公事に関わりのある御方を、探しておりまする」

　相原喜十郎が書いた書状を差し出す。武士は文面を軽く眺めた。しっかりと読んだ様子はない。

「その村の者が、この島で、人足仕事をしておるとでも申すか」

「それはわかりませぬが、もしや、と思って推参いたしました」

　武士はさも面倒臭そうな顔をした。今にも「帰れ」と言い出しそうな顔つきだ。

お甲は重ねて言った。

「御勘定奉行様は、公領をお治めするために、領民の訴えをお聞き届けくださいます。公事は御勘定奉行様のお情けの証《たまもの》。手前どもは御勘定奉行所による救恤《きゅうじゅつ》のお手伝いをさせていただいております。なにとぞ、お力をお貸しくださいますよう」

　武士は「む……」と唸《うな》った。

「左様《さよう》ならば是非もない」

やはり勘定奉行は偉い。顔つきを更めて、質した。

「なんという村の、何者を探しておるのだ」

お甲は目を上げて、武士の顔つきを確かめながら答えた。

「下総国は香取郡、笹島村の、政五郎という男と、その者の差配で江戸に出てきた、百姓衆を探しておりまする」

「なっ……」

武士の顔色が、目に見えて変わった。赤くなったり、青くなったりした。

「しっ、知らぬ！」

お甲は武士をじっと見据えながら重ねて質した。

「江戸では、生国に人別《にんべつ》を持たぬ者は、雇ってはならぬのがご定法《じょうほう》にございましょう。こちらで雇われている人足の衆にも人別帳の写しがあるはず。それを確かめさせてはいただけませぬでしょうか」

「無用じゃ！」

「なぜに」

「ここで雇われてる人足どもの生国は、すべてこのわしの頭に入っておる！　下総国、香取郡の者など一人もおらぬ！」

「それをしかと確かめさせてはいただけませぬでしょうか」

「拙者《せっしゃ》の物言いを疑うか！　武士をなんだと思うておる！」

今度は顔を真っ赤にさせて激昂しはじめた。まさか刀で斬られはしまいが、足蹴ぐらいにはされそうだ。菊蔵が即座に割って入った。

「これは、とんだご無礼を……」

すかさず袖の下に二朱銀を懐紙で包んだ物を放り込む。

「なにとぞ、ご勘弁を」

武士はまた「むむ……」と唸った。

「役目の邪魔だ。早《はよ》ぅ立ち去れ」

そう言って、犬でも追い払うかのように手を払った後で、

「政五郎なる者が、万が一にも立ち寄った時には、御勘定奉行所に報せよう」

などと付け足した。

お甲と菊蔵は島を離れた。これ以上しつこく迫っても得るものはあるまい。相手の態度を硬化させるだけだ。公事は時間がかかるものだ。あの手この手で攻めてい

く。短兵急はもっとも下策だ。

渡し舟に乗せられ、川を渡り、元の桟橋に戻されて、河岸を離れた。十分に距離を取ってから、菊蔵が「チッ」と舌打ちした。

「けんもほろろ、とは、ああいうのを言うんでしょうな」

お甲は「フン」と鼻を鳴らした。

「だけど、これで知れたじゃないか。この人足島には、間違いなく、政五郎の息がかかってる」

菊蔵は顔つきを不敵な面相に戻して、ニヤリとした。

「まったくでさぁ。あの侍ぇのツラには『政五郎を知っている』と書いてありやしたぜ。嘘《うそ》のつきようが下手くそだ。公事にツラを出したら、ケツの毛まで毟《むし》られまさぁ」

「しかもだよ。御普請奉行所のお役人というご身分がありながら、ずいぶんと政五郎を恐がっていたようだね」

「あるいは、政五郎が後ろ楯にしている野郎を、恐がっているのかも知れやせんがね」

「いずれにせよ、この島を見張っていれば、政五郎と、政五郎が連れ出した、笹島村のお百姓衆が見つかりそうだよ」

と、その時、菊蔵が「シッ」と、口を閉ざすように合図をした。

お甲も気づいた。背後から何者かが小走りに近づいてくる。それは女の足音で、武芸の心得はない――と、小太刀の名手のお甲はすぐにわかった。

お甲は振り返った。十六、七ほどの娘が、息せき切って走り寄ってきた。結い上げた髪は土埃を被っている。櫛《くし》は漆もかけぬ白木のままで、簪《かんざし》や笄《こうがい》は挿していない。着物は絣《かすり》で、裾を短く仕立てていた。畑仕事で汚れないようにするためだ。脹脛《ふくらはぎ》を半分ほど露出させた、なんとも田舎者じみた姿であった。

「もうし、お頼み申します」

娘が声をかけてきた。鈴の転がるような甲高い声音だ。よくよく見れば、なかなかに整った顔だちである。顔の汚れを洗い落として薄化粧をすれば、見違えるようになるかも知れない。

「我らに用か」

お甲は、娘とは対照的な低い声音で質した。

娘はお甲の前で立ち止まり、大きく肩を上下させて、息を整えてから答えた。

「へい。お訊きしてぇことがありますだ」

愛らしい顔とは不似合いな、酷い下総訛りである。

「今、人足島のお役人様と語らっていたように見えたんだけんど……、島に伝をお持ちの御方だべェか」

お甲は即答はせずに、相手の様子を窺う意味で、問い返した。

「あなたは何？　あの人足島に、何か御用がおありなの？」

「あっ、とんだ不躾な振る舞いだったたべ」

娘は純情そうに頬を染めてペコリと頭を下げた。

「名乗りもしねぇで申し訳ねかっただ。オラは下総国、笹島村の娘で、きぬというだ」

「笹島村のおきぬさん」

お甲は菊蔵にチラリと目を向けた。菊蔵もそれとなく頷き返す。

お甲はおきぬに質した。

「それで、人足島とはどういう関わりが？」

「オラは、許嫁《いいなずけ》を探して、江戸に出て来ただ」

「許嫁？」

「んだ。次郎左《じろうざ》、いうだが、江戸のお武家様のお屋敷に、一年限りで奉公してくると言って村を出て行って、それきり帰ぇって来ねぇんだ」

お甲と菊蔵は、ちょっと目配せをした。お甲は質した。

「奉公を世話した抱元は誰？」

「政五郎ってぇ親分様だ」

「ああ……」と、お甲は小さな声を漏らして頷いた。

横から菊蔵が訊ねる。

「どうしてお前ぇさんは、あの島に次郎左がいるって、考えたんだい」

「オラ、次郎左さんが御奉公してるはずの、お旗本のお屋敷に行ってみただ。そうしたら、お台所のお役人様が、次郎左さんは勝手に御奉公を辞めて、この島に入った、と教えてくれただ」

「年季奉公を勝手に切り上げて、別の仕事に移っただと？　そんな自儘が許されるもんかよ」

「次郎左さんは、許されねぇことをしただか？」

「どういうわけがあって、次郎左は屋敷奉公を辞めて、あの島に移ったんだろうな。お屋敷の侍は、何か言ってたか？」

「なんでも、『銭の払いが良いから、目が眩《くら》んだんだろう』って、言っていなさったなぁ」

「そりゃあ確かに、銭の稼ぎにはなるだろうがよ……」

許嫁の娘の前では言いにくいが、命を張った危険な仕事だ。

「次郎左って男は、そんなに金が要りようだったのかよ」

おきぬはコクンと頷いた。

「オラと所帯を持つことになって、親の田畑を分けてもらう話になったんだけんど、それだけじゃ暮らしは立たねぇ。どうしたって、あと一町（約一ヘクタール）は田畑が要るべ」

「田圃を買うために、大金が必要だったってのか」

娘は、自分ばかり喋らされて、焦《じ》れた顔をした。

「なぁ、オラの身の上話は、もうよかんべ。お前様がたは島に伝があるのかよ。次郎左さんはどうしておるんだべ。オラ、何度頼み込んでも、島さ入れてもらえねぇんだ」

菊蔵は気の毒そうな顔をした。

「入れてもらえなくて、かえってよかったぞ。あそこは鬼の棲家だ。お前ぇみてぇな若い娘が入っていったら、何をされるかわかったもんじゃねぇ」

娘を追い返したのは、島の役人なりの親切だったとも考えられる。

続いてお甲が答えた。

「あたしたちも、あなたの村の人たちを探しているの。村に連れ帰るようにと、市兵衛様から頼まれているのさ」

「市兵衛様……ってのは、オラの村の、名主様のことだべか」

お甲は娘の顔を凝視しながら訊ねた。

「あなたは今、どこに泊まっているの？　迂闊な所に寝泊まりしていたら、人買いに売られることだってあるよ」

「オラ、大伝馬町《おおでんまちよう》ってとこの木賃宿に泊まってる。だども、そろそろ路銀が尽きてしまいそうだ」

「だったら、うちへいらっしゃい」

「えっ、宿替えか？」

「うちでは、あなたの村の名主様から金を預かっているからね。村の娘様の難儀は見過ごしにはできないよ」

「そりゃあ、有り難《がて》ぇお話だべ」

おきぬはその気になったようだ。

「次郎左さんの顔も見ねぇで村さ帰ぇるわけにはいかねぇ、って、思ってたところだっただ」

お甲は菊蔵に目を向けて小声で囁いた。

「卍屋に泊まっていただくよ。本当に笹島村の娘かどうか、市兵衛様に確かめておもらい」

菊蔵は無言で頷いて、作り笑顔でおきぬに歩み寄った。

「さぁ、今日からはうちの客人だ。ついておいでなせえ。木賃宿に預けた荷物は、うちの若い者に取ってこさせよう」

「何から何まで、親切なお人たちだべ」

おきぬは笑顔で頭を下げた。

二

卍屋の下代、寅二郎と辰之助は、お甲の言いつけを守り、北町奉行所同心、槇田亀三郎の屋敷を見張っていた。

遠くの夜空から時ノ鐘が聞こえてきた。注意喚起の〝捨て鐘〟が三回撞《つ》かれた後で、時報の鐘がゆっくりと鳴らされる。寅二郎は鐘の数を数えた。

「五ツ（午後八時ごろ）か……」

辺りは真っ暗闇だ。おまけに小雨まで降っている。

町奉行所の同心は、夕方の陽があるうちに帰宅する。八丁堀の組屋敷街だから町人はほとんど通らない。

槇田の屋敷を見張るためには好都合なことに、近所の屋敷の一つが空き家になっていた。

「こんな所に空き家を置いとくなんて、町奉行所もずいぶん不用心だぜ」

まさか同心たちの暮らす屋敷街に、曲者が潜り込むとは思っていないのだろう。

南北の町奉行所も、社会情勢によって人員の増減があった。あるいは古くなった屋敷を建て直すために、いったん別の屋敷に引っ越しをすることもある。武家地の空き家は珍しくもないのだ。

寅二郎は雨よけの茣蓙を被り直した。彼は体格の良い男である。骨太で肩幅も広く、筋肉も分厚くついている。そんな大柄な身体を小さく丸めて、生け垣の後ろに屈んでいた。

濡れた地面を踏んで、誰かが走ってくる音が聞こえた。寅二郎は茣蓙を被り直して身を隠した。走ってきた男は、身軽に生け垣を乗り越えて空き家の庭に入ってきた。

「寅二郎兄ィ」

声を掛けてきたのは、卍屋の若い下代の辰之助だ。

「こんな物しかなかったぜ」

手拭いに包んできた蒸《ふ》かし芋《いも》を差し出す。寅二郎は露骨に眉をしかめた。

「夜鷹《よたか》蕎麦《そば》ぐらい、出ていただろうよ」

辰之助は呆れ顔をした。

「蕎麦の丼《どんぶり》なんか、持ってこられるわけがねぇだろう」

小声で毒づくが、寅二郎は鷲摑《わしづか》みにした芋を食うのに忙しく、聞こえはしなかったらしい。寅二郎は巨体の持ち主だけに大飯食らいなのだ。卍屋から持って来た弁当だけではとても足りない。

「何か、変わりはあったかい」

辰之助が質すと、寅二郎は口をモグモグ動かしながら「何もねぇ」と答えた。

辰之助も莫蓙を被った。

「見張りってのは退屈だよなぁ」

根気がいる。俺の性には合わない。下代頭に頼んで役目を換えてもらおうか、などと辰之助が思ったその時、

「寅二郎兄ィ、誰か、やって来たぜ」

静かに降りしきる小雨の向こうに、ぼんやりと提灯の火が見えた。次第にこちらに近づいてくる。

寅二郎も芋を齧りながら首を伸ばして、生け垣の上から顔を出した。

「侍みてぇだな。お供を連れていやがる」

「こんな夜更けに、なんの用だろう」

武士の主従は、辰之助たちが隠れる生け垣の前に差しかかった。二人は小さく身を屈めて息を凝らした。

提灯持ちの小者と、武士と、お供の三人連れである。三人は槇田亀三郎の屋敷の前で止まった。辰之助と寅二郎は生け垣から目玉だけ出して様子を窺う。お供が片開きの木戸を押し開けて、訪《おとな》いを入れている様子であった。

「こんな夜中にやってきて、声まで潜めていやがる。怪しいぞ」

寅二郎が言う。

槇田の家の小者の、鼬ノ金助が道まで出てきた。周囲の様子を探っているようだ。二人は首を引っ込めた。幸いにして気づかれた気配もなく、侍の主従は屋敷に招き入れられた。

「金助の物腰から察するに、密談のようだな」

「ご名代が、兄ィと俺に『見張れ』とお命じになったのは、こんな時のためですぜ」

辰之助は腰を上げた。

「おい、どうする気だ」

「ちょっくら、盗み聞きをしてきやす」

「危ねぇぞ。見つかったらどうする」

「向こうも隠し事をしておきたい立場でさぁ。周りの屋敷に聞こえるような大騒ぎをするとは思えねぇ」

「騒ぐ暇もなく、闇討ちにされたらどうする」

「そん時ゃあ、兄ィが騒いでおくんなせぇ」

辰之助は音もなく生け垣を越えて、槇田の屋敷へ進んでいった。

「チッ、しょうがねぇなぁ」

寅二郎も大きな尻を上げて後に続く。

多少の物音は雨が消してくれるはずだ。闇も深い。屋敷に仕える小者の金助も、接客に気を取られているだろう。辰之助は大胆にも片開き戸を開けて、庭へと回った。寅二郎も庭に踏みこんだ。

雨戸は閉ざされている。板にあいた節穴から光が漏れていた。そこの座敷で密談を交わしているのに違いなかった。二人は足音を忍ばせながら進んだ。

雨戸に身を寄せると話し声が聞こえてきた。武士は地声が大きい。二人にはそれが幸いした。

「……村の娘なる者が、屋敷を訪ねて参った。台所を預かる者が追い払ったが、この件が我が殿に知られたら大事だ」

客の話し声のようだ。察するに、旗本屋敷に仕える家来であるらしい。

「そのほうは格別の者ゆえ、無理なる頼みも聞き入れたが――」

町奉行所の同心を〝そのほう〟呼ばわりできるということは、かなりの高禄の家に仕えているのに違いない。

「このようなことがあっては困る！　何度も押しかけられてみよ！　いずれは殿のお耳に入る。台所方の一存では、揉《も》み消しもままならなくなるぞ！」

武士は声を凄ませたが、槇田の返事は聞こえてこない。黙り込んだままのようだ。

「なんとか申せ！　わしを愚弄《ぐろう》いたすつもりか！」

「そのようなつもりは毛頭ございませぬが……」

ようやく槇田の声がした。岩八を引き渡した際に、辰之助たちもその場にいたので槇田の声は聞き覚えている。

「政五郎めが、しでかした事ゆえ、手前には、とんと合点《がてん》がゆかず……」

寅二郎と辰之助は（おっ）と思って、さらに耳を澄ませた。ようやく政五郎の手掛かりを得た心地であった。

「しらを切るつもりか！」

武士はますます怒りだした。

「政五郎めは、そのほうに仕えし者ではないか！」

「三年前に召し放った者ゆえ――」

「そのような言い訳は通じぬ！　政五郎は、同心の小者という身分を笠に着て、我が屋敷に強談判《こわだんぱん》をしてまいったのじゃ！　同心の小者だからこそ、我らは、かの者の無理強《じ》いを、致し方なく聞き入れたのじゃぞ！」

その無理強いとはなんなのか、それこそが知りたい事なのだが、

「政五郎の村の名主が、公事の願を、御勘定奉行所に奉ったようにございましてな」

槇田は話を変えてしまった。

「なんじゃと？　公儀に政五郎の悪事を訴え出たと申すのか！」

武士の声が震えた。動揺ぶりが伝わってきた。

「公事の白州にて、すべてが明るみに出た暁には、そちら様にも御目付様のご詮議

がございましょう」

「当たり前じゃ！　この不始末をなんとする！」

槇田が忍び笑いを漏らした──ような気配がした。

「そもそもの不始末は、そちらの若君様が、しでかしたことではございませぬか。手前と政五郎とで揉み消しをしたからこそ、御家はご無事に済んだのでは？」

「わかっておる！　だからこそ政五郎の無理も聞き入れたのだ。……ぬうっ、槇田氏、なんとする。公事の調べが入ったならば、そのほうもただではすまぬ。身の破滅じゃぞ」

槇田は答えない。武士は「そうじゃ！」と、明るい声で続けた。

「公事師に命じて、公事に手心を加えるように仕向けてはどうじゃな！　そのほうは町人からの賂《まいない》を貯め込んでおろう。我が家からも金子《きんす》を出してやってもよい」

「金で公事師を丸めこもうという策でござるか。無理なることにございますな」

「なぜじゃ」

「その公事を受けた公事師は、卍屋の、三代目甲太夫にございます」

「何者だ？」

「侍の威をも恐れぬ、難物にござる」

「難物か」

武士は「むむむ」と唸った。

「とにかくじゃ。我らには、かような事態に対する備えはない。片や、そのほうは町方の同心。悪党退治が本分であろう。なんとかいたせ。政五郎はそのほうの家来だった男ではないか」

「言われる迄もなく、なんとかいたさねばなりませぬ。放っておけば、我が身の破滅」

「うむ。任せたぞ。政五郎と卍屋なる公事師、良きように計らえ」

武士が立ち上がる気配がした。

密談が終わり、まもなく屋敷から出てくる。そう察した寅二郎と辰之助は、急いでその場を離れた。

三

「まことに、申し訳ねぇだ！」

おきぬが畳に両手をついて、深々と頭を下げた。

その正面には、笹島村の名主の市兵衛が、渋い表情で座っている。

お甲は市兵衛に質した。

「この娘さんは、確かに、そちらの村のお人にございまするか」

市兵衛は袖の中で腕組みしながら頷いた。

「それについては間違いないですよ。手前の村の娘です」

お甲は市兵衛とおきぬの顔を交互に見た。市兵衛は険しい顔つきでおきぬを睨みつけている。

「勝手に村を抜け出すとは、いったいどういう了簡《りょうけん》だ。そもそも、道中手形は、誰に書いてもらったんだ」

江戸（武蔵国）とは隣国の下総国とはいえ、旅をするには手形がいる。それが建前だ。

「手形もないのに村を離れたとあっては、お役人様のお咎めも免れ得ないよ」

娘は気の毒なほどに震え上がった。そして帯の間に挟んであった紙を摘み出した。

「檀那《だんな》寺の和尚《おしよう》様に書いてもらっただ」

「なんだって！」

市兵衛が奪って広げる。お甲も横からそっと覗きこんだ。寺の和尚の署名と朱印が押してあった。本物の判物——道中手形であった。

おきぬはおずおずと答えた。

「公事師の甲太夫さんに、口を利いてもらっただ」

「なんだって！」と、叫んだのは市兵衛ではなくお甲である。おきぬはお甲の剣幕にビックリした顔つきで答えた。

「オラが『公事の証人になるだろうから』って言って、和尚様を口説いてくれただよ。行き方知れずになった次郎左さんを見つけ出して、公事の手助けをしろ、って、甲太夫さんに言われただ」

言葉を失ったお甲の代わりに、市兵衛が答えた。

「甲太夫さんのお考えとあれば、仕方がないね。なるたけご面倒を掛けないようにしなさい」

手形を折って、おきぬに返す。それからお甲に向き直った。

「お手間をとらせて申し訳がない」

お甲は顔を引きつらせながら答えた。

「い、いえ……。これが、手前どもの仕事ですから……」

おきぬが本当に笹島村の娘なのか確かめようとして、市兵衛に会わせたのに、話がおかしな方向に転がってしまった。

＊

いかさま師は、建て付けの悪い障子戸を苦労して開けた。

「ああ、やっと帰り着きましたね」

長屋の部屋に入って背伸びをする。

「何を抜かしておる。ここはわしの部屋だ。お前の家じゃない」

榊原主水がヌウッと入ってくる。狭苦しい。長屋の三和土は一畳もない。

「早く入れ。後ろがつかえてるんだ」

路地に立った伝兵衛がわめいた。

「大声を出すな。夜中だぞ。長屋の者たちが起き出してきたらどうする」

榊原は、心底から迷惑そうな顔をした。

三人は狭い長屋で車座になった。

「結局、下総には政五郎の姿はなかったな」

榊原主水が腕組みをしながら沈んだ声で言った。

「下総にいねぇってこたぁ、この江戸に潜んでやがるってことだぜ」

伝兵衛がそう言って、続けて口惜《くや》しそうな顔をした。

「乗合舟の船賃も馬鹿にはならねぇ。江戸と下総を何度も往復させられたんじゃたまらねぇぞ！　くそっ、政五郎め、見つけ出したらただじゃおかねぇ。貯め込んだ悪銭を残らず吐き出させてやる！」

一人、ニヤニヤと笑っているのはいかさま師だ。その笑顔が二人にとっては気障りだったのだろう。榊原主水は無言で睨みつけ、伝兵衛は舌打ちをして質した。

「何を笑っていやがる！　政五郎の隠れ場所に心当たりでもあるのか！」

いかさま師は余裕の笑顔で問い返した。

「お甲ちゃんは、どんな動きを見せていますかね？」

「卍屋のお甲だと？……おう、白狐ノ元締の手下が、卍屋の下代どもを見張っているが、どうやらお甲は、深川の南の浜にできた、人足島に目をつけていやがるようだぜ」

「それなら、政五郎はそこにいるのでしょう」

笑顔でキッパリと言い切ったので、伝兵衛は不可解そうな顔をした。

「なんでそう言い切れるんだよ？」

「だってお甲ちゃんの調べですから。手抜かりはありますまいよ」

いかさま師は腰から下げた莨入れから煙管を取り出した。視線を左右に向ける。

「ええと、あたしの莨盆は、どこへいきましたかね？」

「わしは莨は吸わぬ！　人の塒をヤニ臭くしおって！　外で吸え！」

榊原主水は顔をしかめて首を振った。

＊

奥の座敷に戻り、お甲は菊蔵を呼び寄せた。

「ますます面妖《めんよう》な話になってきたね」

菊蔵も情けない顔つきで頷いた。

「なんだか、いかさま野郎の手のひらの上で踊らされているみてぇだ。ご名代、やっぱりこの話は、余所に回したほうがいいんじゃねぇんですかい」

「そうはいかないよ」

お甲はキッパリと答えた。

「アイツがあたしらを嵌めようとしているのだったら、逆手にとってやるだけさ」

「さすがはお嬢だ——と言いてぇところですが……」

「なんだえ」

「北町の同心まで一枚嚙まされてるとあっちゃあ剣呑だ。同心の扱いをしくじると、こっちの手が後ろに回りやす」

お甲は長々と息を吐いた。

「その槇田様の見張りは、どうなってるんだい」

すると台所の方から辰之助の声が聞こえてきた。

「噂をすればなんとやらですぜ」

菊蔵は台所へ向かった。すぐに辰之助を連れて戻ってきた。辰之助は廊下で正座して、頭を下げた。

「そこじゃ話が遠い。お入り。余所に聞かれて困る話なら、障子をお閉め」

辰之助は「へい」と答えて入ってきて、障子を閉めた。お甲に向かって座り直す。

「槇田の屋敷に動きがごぜぇやした」

そう言って、自分たちが見聞きしたことを、そっくりそのまま伝えた。

お甲の目が光った。

「そのお武家は何者？」

「名乗りはしなかったんで、どこの誰なのかわかりやせん。寅二郎兄ィが追けていきやした。あっしのほうは、急いでご注進に参じたってわけで」

お甲は頷いた。

「ご苦労さま。褒美に今夜はもうお上がり。酒でも飲んでおいきな」

そう言って、波銭を何枚か、辰之助の手に握らせた。

「ありがてぇ」

まだ若いのに辰之助は酒好きだ。早速に立ち上がろうとしたところへ、

「槇田の屋敷には代わりの者を行かせるんだよ。台所に若いのがいるはずさ。目を離すことはできないからね」

「わかりやした。ご名代のお指図を伝えやす」

辰之助は座敷を出て行った。

「おきぬから、次郎左ってのが奉公に上がった屋敷ってのを、訊き出して参りやしょう」

腰を上げた菊蔵にお甲が鋭い目を向ける。

「寅二郎が戻ったら突き合わせだね。もしも同じ屋敷だとしたら……若い者を張り付けなくちゃならない屋敷が増える一方だ。思った以上に手間のかかる公事になってきたね」

「それもこれも、あのいかさま野郎がいけねぇ」

菊蔵は出て行って、お甲は一人、黙考した。

至る所にいかさま師の影を感じる。まったくもって気が抜けない。

四

翌朝、夜が白む前に起き出したおきぬは、明け六ツ（午前六時ごろ）には朝飯を食べ終えて、湯屋に向かった。

村から着てきた着物は洗濯に回し、卍屋で借りた古着を身にまとっている。

江戸の娘には鼻先で笑われそうな古物であったが、おきぬにとっては、御殿女中様のお着物のように立派に思えた。こんな高価な着物をただで貸してくれる江戸の豊かさに圧倒された。おまけに湯屋の湯船は、朝から湯気を上げていた。

（銭さえあれば、オラのような百姓でも、朝湯ができるのかよ……）

お伽噺《とぎばなし》に出てくる竜宮城ではあるまいか、などと本気で思った。

しかもである。驚くべきことに江戸の者たちは、米糠《こめぬか》で身体を洗っていたのだ。

（オラの家じゃあ、米糠も立派な食い物だべ）

身体の汚れと一緒に米糠汁を溝《どぶ》に流している光景を、信じられない思いで見つめた。

おきぬは怖々と糠袋を使って、見よう見まねで身体を洗った。なるほど、垢は良く落ちる。

（米糠で肌を磨けば、オラもお甲さんみてぇに綺麗になれるんだべか）

などと、年頃の娘らしく、考えたりもした。

＊

おきぬは湯屋を出た。その目の前に突然、何者かが立ち塞がった。驚いて目を上げると、米糠でつるつるに磨き上げたゆで玉子のような男が、こちらに笑顔を向けていた。

「あっ、公事師の旦那さん」

公事師は、蕩けそうな顔つきで頷いた。

「卍屋に宿を取ったようだね」

「へい。旦那さんに言われた通りに、おかみさんと下代頭さんに声を掛けただ」

「それでいい。で、次郎左さんは見つかったかね」

おきぬは表情を曇らせて、首を横に振った。それを見て、公事師は笑顔で頷いた。

「それじゃあ、あたしも一緒に探してあげよう。ついておいで」

「えっ、でも……。ご立派な公事師さんがオラなんかのために……」

「いいんだ、いいんだ。それがこっちの仕事だからね。市兵衛さんに頼まれた公事を片づけるためには、次郎左さんを見つけ出すのが手っ取り早いのさ」

公事師はクルリと背中を向けて歩きだした。おきぬはおずおずとついていった。

まだ夜が明けたばかりだというのに、町人たちは威勢よく働いている。荷車が車軸を鳴らしながら走り抜け、大工の槌音《つちおと》も聞こえた。

「お江戸ってのは、本当にすごい所だべ……」

おきぬがポツリと呟いた。公事師はちょっと足を止めて、肩ごしに笑顔を向けた。

「何がだい」

「何が……って、何もかもだ。みんな、名主屋敷の娘様みてぇに綺麗だし、男衆《おとこし》も名主様みてぇにご立派な身形だ。オラにもただで着物を貸してくれるし、一日中湯が沸いてるし、糠で身体を洗ってる」

すると――、公事師の笑みがスッと消えた。真顔で、つまらなそうな目つきとなって、質した。

「あんたの村では、こんな暮らしは考えられないか」

「んだ」

「それはだねぇ」

公事師は向き直って歩き始めた。

「江戸の街が、あんたらの村から豊かさを吸い上げているからなんだよ。あんたらの村の百姓が、汗水垂らして働いて、作った米が年貢になって、この江戸にやって来る。そのうえあんたら百姓は、出稼ぎまでして、この街のために奉公している」

公事師の肩が揺れた。声もなく笑ったのかもしれない。

「これでお江戸が貧しかったらね、お天道様《てんとうさま》は西から上るだろうよ」

おきぬには、なんのことやら、わからなかった。公事師は鼻唄など歌いながら、通りをまっすぐに歩んでいく。

公事師は突然に、通りに面した八百屋を覗いた。

「へい、いらっしゃい」

身形は良いし、お供の下女（に見えるおきぬ）も連れている。八百屋の親仁は笑顔で頭を下げた。

「この芋をもらおう。土がついているところを頼むよ」

「へいへい。ありがとうございい。お宅まで届けやしょうか」

江戸では、持ち運びの際に着物を汚しそうな物や、重い物は、店の小僧が買い手の家まで届ける。

「いや、それはいい。これに包んでおくれ」

公事師は懐から風呂敷を取り出して渡した。

銭を払う段になって、おきぬはいかさま師の袖を引いた。

「萎《しな》びた芋に銭を払うこたぁねぇだ。もっと大きいのが、オラの家の畑に生えてる」

八百屋の親仁はムッとしておきぬを睨みつけた。公事師は面白そうに笑った。

「畑で取れた時には瑞々《みずみず》しくても、お江戸まで持ってくる間に萎びるのさ。江戸まで運んで来なさるお人にも、銭を払わなくちゃいけない。この芋代にはいろんなお人の働き賃が入ってるのさ」

おきぬはやっぱり、なにもわからぬ顔つきで首を捻《ひね》った。

「とんでもねぇ在郷娘だ」

風呂敷を結びながら親仁が下唇を突き出す。

「まぁ、堪忍しておくれ。詫び賃も入れとこう」

いかさま師は二文《もん》ばかり余計な小銭を渡して、風呂敷包みを受け取った。再び道を歩きだす。

「それはオラが持つだ」

おきぬは風呂敷包みを受け取った。武士も商人も百姓も、偉くなれば手に物は持たない。

これでますます主人とお供のようになってきた。

＊

二人は本材木町から楓川を渡って八丁堀に入った。一軒の屋敷の、片開き戸の前に立った。

「ここには町奉行所のお役人様が住んでいる」

おきぬは「えっ」と言って身を固くさせた。百姓にとって、役人は、地獄の獄卒のように恐ろしい相手だ。

ところが目の前の公事師は、恐れ憚る様子もなく、板戸を押した。

「次郎左さんを見つけてくれるように頼んでみよう」

おきぬはどうしたらいいのかわからず、その場に立ち竦《すく》んだ。

「御免下さいまし。卍屋の甲太夫でございます。槇田の旦那はご在宅ですかえ」

公事師が訪いを入れると屋敷の中から誰かが出てくる気配がした。もう逃げ出すことはできないと観念して、おきぬも木戸の中に入った。

台所口から鼬のような顔の男が出てきた。

「手前ェが三代目甲太夫かい」

いかにも一癖ありそうな顔つきで睨みあげてくる。

この顔を見ただけで、おきぬはもう、走って逃げたくなったのだけれど、公事師は余裕の笑みを浮かべて頷き返した。

「左様です。槇田の旦那にお目通りを」

鼬は気後れしたような顔をした。

「ま、待ってろ」

急いで屋敷に引っ込んだ。おきぬの目にも、二人の〝格の違い〟が明らかに感じられた。

（この公事師さんと一緒にいれば大丈夫かも）

役人から無体《むたい》な扱いを受ける心配はなさそうだ。おきぬはそう思った。

おきぬたちは台所に通された。公事師は板ノ間に上がって正座した。おきぬは三和土に敷かれた筵の上で正座した。

奥の板戸が開けられて、着流し姿の役人が出てきた。いかにも威張り慣れた顔つきの、厳《いか》めしげな男だ。おきぬは慌てて平伏した。

「貴様が卍屋甲太夫か」

役人は座りながら、そう言った。普通、人は、ちゃんと腰を下ろして、居住まいを更めてから初めて口を利く。在郷の百姓でも、改まった席では必ずそうする。

（お行儀の悪いお役人様だべ）

槇田は、あえて公事師風情に礼をとる必要はないと考えたのかも知れない。が、おきぬには、そこまでは理解できない。

公事師は丁寧に挨拶をした。

「いかにも手前が卍屋甲太夫にございます。本日は、ご機嫌伺いに参じました」

同心が「フン」と鼻を鳴らした。おきぬは深々と低頭したままなので、同心の表情は見えない。

「一昨日は貴様の女房が下代を引き連れて参ったぞ」

「左様で。手前は公領を飛び回っておりますので、江戸のことは女房に任せきりにしております。ご無礼の段、平《ひら》に御容赦」

そして突然――でもないのだが、おきぬにとっては突然に、声を掛けてきた。

「そこに控えておるのは、下総国、笹島村の娘、おきぬにございます。おきぬ、顔をお上げ」

「へっ？　へいっ」

おきぬは顔を上げた。が、怖くて怖くて、同心に目を向けることなどできなかった。

公事師が三和土に下りてきた。筵の上に置いてあった風呂敷包みを摑んで戻って、同心の前で広げた。

「笹島村で取れた芋でございます。ほんの手土産代わりに……」

ぬけぬけと同心の膝前に進めた。

それは違う。公事師さんは嘘をついてる——と思ったけれども、口に出す度胸はない。

公事師はニヤニヤと微笑みながら、上目づかいに同心を見つめている。

「笹島村は町奉行所のご領地。領民からの捧げ物にございますよ」

同心はつまらなそうな顔をしていたが、

「大儀である。村の者共の衷心、感じ入った」

などと、取ってつけたように言って、風呂敷を包み直し、自分の腰の脇に置き直した。

公事師はすぐさま、続けた。

「哀れなるおきぬに、お情けをお願いいたしまする」

「何をせよと申すか」

「深川の南、大川の河口にできた人足島に、この娘が渡れるように、お取り計らいくださいませ」

「な……」

同心の声が震えた。

公事師は意味ありげに微笑み、同心をまっすぐに見つめた。

「なんじゃと……？」

「この娘は、許嫁を探すために江戸に出て参りました。その許嫁とは、政五郎が連れ出して、行き方知れずにさせた次郎左なる百姓にございます。次郎左は、きっとあの人足島におりましょう」

同心は、おきぬの目で見ても明らかなほどに動揺した。

「なにゆえ、そのように言い切れる！」

「畏《おそ》れながら、この三代目甲太夫の目に狂いはございませぬ」

公事師は自信たっぷりに、しかも思わせぶりな顔つきで言い放った。

「ぬ……！　貴様は……」

同心は何かを言おうとした。だが、結局なにも言わなかった。

公事師は笑顔で頭を下げた。

「すぐに、という話ではございませぬ。お含み置きくだされば、それでよろしいのでございます」

公事師は邪気のない笑顔を浮かべた。

「手前は公事師ですよ、槇田の旦那。公事ってのは捕物とは違うんです。八方が丸く治まることを最上といたすものでございましてね」

槇田はますますうろたえた——ような顔をした。

「何を言いだすのじゃ」

「ですからね、皆さんが納得して、お幸せになってくださる公事こそが、最上なんでございますよ。笹島村の皆さんも、人宿も、それに槇田の旦那にも、みんなにお心を安んじてもらいたい。そのために奉公するのが公事師なのだと、かように手前は心得ておるのでございます」

「罪を暴くことを最上とするものではない、ということか」

公事師は笑顔で頷いた。

「それにはまず、行き方知れずになった百姓衆が村に帰ること。お武家屋敷にご奉公するという約定《やくじょう》で江戸に出てきたのであれば、そのお屋敷に年季明けまで奉公すること。これが大事なんじゃございませんでしょうか」

「ぬう……」

異論はないらしく、同心は黙り込んでいる。頭の中では目まぐるしく、何かの計算を働かせているように見えた。

「それでは、また、参上いたします」

公事師は頭を下げた。おきぬも一緒に低頭した。同心は何も言わない。公事師は立ち上がると、三和土に下りてきて、雪駄に足をつっかけた。

「帰るよ」

台所の戸口のところで振り返り、

「それでは槙田の旦那。なにとぞ良しなに」

そう挨拶して、片開きの木戸から表道に出た。

「何かあると困る。馬喰町まで送ってあげよう」

公事師はスタスタと歩きだした。おきぬは、その後ろ姿に向かって訊ねた。

「あのお役人様は、さっき、何を言おうとしたんだべ」

「えっ、何が」

公事師は前を向いたまま訊ね返した。おきぬは考え考え、続けた。

「旦那さんが、自分の目には狂いはない、と言った時、何か言い返そうとして、言い返すのをやめたようだったべ」

公事師は「ハハハ」と笑った。

「良く見ている。あんた、いい公事師になれるよ」

そう言われても、公事師がなんなのかもわかっていないおきぬには答えようもない。その公事師が続けた。

「槇田の旦那はね、それを口にすることで、あたしに言質《げんち》を取られるのを恐れたのさ」

ますますわけのわからないことを言われた。

「これで槇田の旦那も、安閑としてはいられなくなったろう。きっと動き出すよ。おきぬちゃんが次郎左さんに会えるのも、そんな遠いことではない」

公事師は肩ごしに振り返って笑った。おきぬは、

「そうだといいんだが……」

と、浮かない顔つきで答えた。

なにやら、とてつもない不幸が襲ってきそうな予感を、おきぬは感じていたのだ。

この人はにこやかに笑っているけれども、公事師と役人は、とんでもない大喧嘩を始めたのだと理解ができた。その渦中におきぬ自身も巻き込まれている。

五

ゴーンと遠くで鐘が鳴った。江戸の街は夜の闇に包まれている。

いかさま師は「ふわあああっ」と大きなあくびを漏らした。

「馬鹿野郎ッ、声を出すんじゃねぇ！」

伝兵衛が耳元で囁く。

「俺たちがここにいるってことを気取《けど》られたらどうする！」

二人がいるのは火《ひ》の見櫓《みやぐら》であった。地面から三丈（約九・一メートル）は高い床

の上である。本来、勝手に昇ることは許されない。定火消《じょうびけし》という、役目を負った旗本の家が管理をしている。二人は無断で忍びこんだのだ。

「槇田の屋敷に、なにか動きはありましたかえ」

億劫《おっくう》そうに顔を上げたいかさま師は手摺《てす》りの上から顔を出してみた。下界には八丁堀の組屋敷が広がっていた。

「何もねぇ。人っ子一人、出入りしていねぇぞ」

「卍屋の下代衆はどうしてますかね？」

「空き屋敷に張りついていやがらぁ。根気のあるこった」

伝兵衛は（もう厭《あ》き厭《あ》きだ）という顔をした。いかさま師はクスッと笑った。

「根比べですからね。これぐらいで音《ね》をあげるようじゃ困りますね」

「手前ェに言われたかねぇ！」

いかさま師は目を凝らした。空き家の生け垣の陰に、下代たちの姿が見えた。

「見張るのに夢中になって、見張られているとは、まったく思ってもいないようですね」

「そんなことより、やい、いかさま野郎。本当に槇田は動くのか。政五郎と繋ぎをつけようとするんだろうな？」

「まぁ、いずれはそうするでしょう。政五郎が捕まって、お白州に引っ張りだされたら、槇田の旦那もただじゃ済みませんからね。政五郎の罪を内済にするためには、人足島に捕らえられている百姓衆を解き放たなければならない。でも、それもまた一大事なんですよ。あの島の御支配は、御普請奉行様なんだから。働かされている村の衆を逃がしたりしたら、今度は御普請奉行様が騒ぎだします」

「とにもかくにも政五郎と談合して、策を練らなくちゃならねぇわけだな」

「それも大急ぎに、です。卍屋が公事を進めていますからね」

「槇田が慌てて走ったその先には、政五郎がいやがる、ってことか」

「そういうこと。事と次第を聞かされた政五郎は、有り金を持って逃げようとするでしょうね」

「そこを押えりゃあ……ヒヒヒッ、面白くなってきたぜ！」

「おっと、動き始めましたよ。なんだか様子が慌ただしい」

　いかさま師は槇田の屋敷に目を向けながら囁いた。

＊

「おい、槇田の屋敷の戸が開いたぞ！」

寅二郎が辰之助を突ついた。辰之助は居眠りをしていたが、ハッとして身体を起こした。

「えっ、ど、どこ……？」

「なんだよ、寝てたのかよ。あれを見やがれ」

片開きの木戸が開いている。鼬ノ金助が顔を出していた。辺りを窺う様子で首を左右に向けている。

「同心屋敷に裏口なんて気の利いたモンはねぇ。御本尊の槇田が出てくるぞ」

言っているそばから槇田亀三郎が姿を現わした。鼬ノ金助が提灯を足元に向ける。金助を先に立たせて、いずこかへ向かって歩きだした。

「追うぞ」

寅二郎は空き家の敷地からそっと抜け出した。辰之助も後に続く。身を低く屈めたまま、足音を忍ばせて追けていく。

「おあつらえ向きの闇夜だ。野郎たちが振り返っても、オイラたちの姿は見えるめえ」

こっちは提灯の火を頼りに追っていけばいい。夜の尾行としては、簡単な部類であった。

槇田の主従は四つ角を曲がったようだ。提灯の火が見えなくなった。寅二郎と辰之助は、足音を忍ばせながら急いだ。

曲がり角で寅二郎が顔を突き出す。通りの先の様子を見ようとしたその時であった。目の前にヌウッと、真っ黒な影が立った。

寅二郎も大柄だが、相手はもっと大きい。思わず見上げたその瞬間、鳩尾《みぞおち》に鋭い衝撃を食らって、意識が遠のいた。

寅二郎は声もなくその場に倒れた。

「どうした兄ィ、蹴躓《けつまず》いたのか」

辰之助が小声で囁き掛けたその直後、

「うぐぐっ」

辰之助もまた、鳩尾に一撃を受けて失神した。

＊

榊原主水は刀の鞘《さや》を帯に戻した。柄頭《つかがしら》で二人の鳩尾を突いたのだ。

いかさま師が足音もなく走り寄ってきて、下代二人の息を窺い、それから笑顔を榊原主水に向けた。

「流石《さすが》ですねぇ。腐っても鯛とはこのことですね。……おっと、これは褒めてるんですよ」

「褒めているようには聞こえぬ」

顔をしかめた榊原主水を尻目に、伝兵衛が走っていく。

「モタモタすんな！　槇田を追え」

いかさま師と榊原主水は、闇の小路を走り始めた。

第五章　暗夜

一

江戸の人々が寝つく時刻は早い。行灯の油や蠟燭《ろうそく》は値が張るので、よほどの金持ちを除いて、夜更かしは出来ない。夜五ツといえば、もう深夜もよいところだ。公事宿の建ち並ぶ馬喰町は、無音の闇に包まれていた。

お甲は一人で奥座敷に座っていた。帳合をしているのだが、どうにも集中できずに何度も算盤を弾き間違えた。

(何かが、しっくりとこない……)

笹島村と政五郎の一件、調べれば調べるほどに、違和感が広がっていく。

(これは本当に、あたしたちの目に映っているがままの事件なのだろうか)

何かがおかしい。誰かに騙されている気がする。

（いったい誰が、どういうわけがあって騙しているというの？）

そもそも今回の件は、あのいかさま師の持ち込みである。最初から信ずるに足りない。しかし市兵衛の悩みや、政五郎の悪事は本物だ。勘定奉行所が裏を取ったのだから間違いあるまい。

とにかく政五郎の身柄を押えなければならない。そして、おそらく人足島に押し込められているはずの、村人たちを救い出す。

（村人たちから話を聞けば、すべてが明らかになるはず）

そんなことを考えていた、その時であった。台所のほうでなにやら大きな物音がした。お甲は顔を上げた。

「なんでぇ、お前ぇさんは」

などと、卍屋の下代が、誰かに質すのが聞こえてきた。

お甲は立ち上がると、護身の鉄扇だけを握って台所へ急いだ。

台所の土間で、見覚えのある老人が店の者たちに囲まれていた。船頭の太郎次だ。

「ああ、姐さん！」

太郎次はお甲に気づいて声を上げた。川面《かわも》で働く船頭だから地声が大きい。遠くの舟に声を掛けながら操船しているからだ。

　下代の伊太郎が顔をしかめた。

「おいおい親仁さん、うちの座敷じゃあ、旅の客人が寝てるんだ。でかい声を出されちゃ困るぜ」

「それどころじゃねぇ！　一大事だ！」

　太郎次は伊太郎を押し退《の》けた。

「島から男衆が出てきた！　他でもねぇ。俺が乗せて、大川を渡したんだ！」

　お甲の顔にも緊張が走った。

「わかるように言って」

「お、おう。人足島から、強面の男たちが、この江戸に入ぇった。人足じゃねぇ！　見張りの親分衆が使ってる奴らだ。そいつらが、舟ン中で、とんでもねぇ談判をしていやがった！」

「どんな相談？」

「人宿の隈左衛門ってお人をどうこうしてやる、とか、こっちの後ろ楯は町方の同心様だから心配ぇはいらねぇ、だとか――」

「人宿の隈左衛門！」

店の奥から菊蔵も出てきた。話は聞こえていたらしい。

「どうやら口封じを企んでるようですな」

「あたしたちが、つつきすぎたからね」

お甲は鉄扇を腰帯に差した。

「兼房町の隈左衛門店《だな》に行ってみよう。悪党を捕まえれば、政五郎の居場所と思惑を訊きだすことが出来るかもしれない」

「おうっ。何がなんでも捕まえて、拷訊《ごうじん》してくれやすぜ」

菊蔵は着物の裾を取って尻端折《しりはしょ》りした。まだ帰らずにいた下代たちは六人ほどいる。菊蔵は土間に集めると指示を出した。

「相手は刃物を持っているかもわからねぇ。鼻捻子《はなねじ》を忘れるなよ！」

鼻捻子とは、暴れ馬を制するための道具である。一尺三寸ほどの棒の先に、鉄の鎖で出来た輪がついている。江戸時代の馬は去勢していないので気が荒い。街道筋で馬と関わる仕事をしている者たちは、必ず鼻捻子を所持していた。

町人が武装をすることは禁じられていたが、鼻捻子ならば「仕事のために必要だから」と言い訳ができる。馬を取り押さえるための道具だから、もちろん人だって取り押さえることができるのだ。

「なんだかおっかねぇことになってきた……。あっしはこれで退散しやすぜ」

船頭の太郎次は尻尾を巻いて逃げ去った。公事師の下代はヤクザのように恐ろしい。そんな連中が怒気を漲らせていれば、逃げだしたくなるのは当然だ。

菊蔵に先導された下代たちが表道に踏み出した。最後にお甲が悠然と出てくる。

「留守番をお願いね」

小僧の新吉《しんきち》は、まだ子供だが、身体だけは相撲取りのように大きい。留守番を任せてお釣りが来る。万が一の時は、大声をあげれば、馬喰町には公事宿が林立している。近所から屈強な下代たちが駆けつけてくれるはずだ。

「よしっ、行くぞ」

菊蔵が皆を引き連れて走り出した。お甲も後に続いた。

＊

一行は兼房町に入った。町は静まり返っている。細い月だけが青白い光で道を照らしていた。

「どこにもそれらしい連中は見当たりやせんぜ」

菊蔵が首を傾げた。

「なんの物音も聞こえねぇ……。まさか、太郎次に騙されたんじゃ？」

お甲は耳を澄ました。そして「いいえ」と答えた。

「隈左衛門店の、表戸が開いている」

お甲が指差し、菊蔵が「あっ」と叫んだ。細く開けられた戸の隙間から、光の帯が表道に向かって延びていた。

下代たちは足音を忍ばせて隈左衛門店に向かった。戸口の前で息をひそめる。菊蔵は片手で皆に合図を送った。下代たちは気合の入った顔つきで頷き返した。

菊蔵は戸を摑むと、勢い良く横へ滑らせた。同時に下代たちが足を蹴立てて店の中に突入した。が――、

「誰もいねぇ」

伊太郎が、役者のように整った顔を傾げた。人宿の店先は広い。日傭取りの人足たちが毎朝、職を求めて押しかけてくるからだ。

一段高くなった板敷きにも、三和土にも、人の姿は見当たらなかった。帳場格子

の横で行灯が仄《ほの》かに灯《とも》っているばかりだ。

「血の臭いがしやすぜ！」

下代の源助が板敷きに飛び上がって、奥の板戸に手を掛けた。

「待てッ、逸《はや》るんじゃねぇ！」

菊蔵が窘めるより先に戸を開けて中に飛び込む。そして「うわっ」と叫んだ。

「源助ッ」

菊蔵も雪駄履きのまま板敷きに上がる。隣の座敷に突入して「くそっ」と叫んだ。

座敷には、住み込みの奉公人が寝間着姿で倒れていた。死んではいない。猿ぐつわを嚙まされて呻《うめ》き声をあげている。

その周囲には一面に——畳にも壁にも——ヌラヌラとした液体が撒《ま》かれていた。

「油だ！」

菊蔵は叫んだ。

「付け火を企んでいやがったな！」

源助は奉公人を抱き起こした。猿ぐつわを外す。奉公人は酷く痛めつけられた様子だったが、指で奥座敷を示した。

「……旦那様が」

「奥にいるんだなッ」

菊蔵たちは襖や板戸を開けながら奥へ向かった。

商家は道に面した間口の幅で冥加金《みょうがきん》（税金）の額が定められていたので、鰻《うなぎ》の寝床のような、細長い立地になっている。

奥に進むに従って闇が濃くなった。どこに悪党が潜んでいて、待ち構えているかもわからない。鼻捻子を握る手にも汗が滲んだ。

勢い良く先頭を進む源助が、奥の襖の前で足を止めた。（誰かがいる！）と身振りで示した。

伊太郎と菊蔵は鼻捻子を握り直して身構えた。菊蔵が源助に合図を送る。源助は一気に襖を開ききった。そして皆で一斉に息をのんだ。

長火鉢の向こうに隈左衛門が倒れている。菊蔵は座敷の中に目を向けた。曲者の姿はない。菊蔵は隈左衛門を抱え起こした。

「旦那！　しっかりしなせぇッ」

揺さぶると、隈左衛門は薄く目を開けた。酷く殴られたらしく、両瞼が青く腫《は》れ上がっていた。

「……くそっ、やられたぜ」

隈左衛門が悪態をつく。自分で身体を起こそうとした。

「無理をしちゃいけねぇ！　医者を呼びにやらせやす。それよか、悪党は？」

「お前ぇたちの気配を察して、逃げて行きやがった」

奥の雨戸が開いていた。外へ向かう足跡が廊下にも残されていた。

「手前ェたちは悪党を追え！」

伊太郎と源助に命じる。一緒に走ろうとした若い下代を呼び止めて、

「お前ぇは役人を呼んで来い！」

と命じた。

すると、隈左衛門が太い腕を振って止めた。

「やめてくれ。こんな無様な姿を、役人なんぞに見られたかぁねぇ」

江戸の人宿は武家屋敷が相手の商売だが、だからこそ、武士階層に舐められないように気骨を張っていないと務まらない。

「それにだ、役人を呼んだって無駄だぜ……あいつらは、おそらく……」

そう言ったきり口を閉ざす。座敷に入ってきたお甲が言った。

「あなたを襲った悪党たちは、大川の河口にある人足島からやってきたのです」

隈左衛門は腫れて塞がった瞼を精一杯に開いて、お甲を見つめ返した。

「やっぱりそうかい」

「心当たりがあるのですね？」

隈左衛門は渋い顔つきとなって、無言で頷いた。

「北町の、槇田亀三郎の差し金ですね？」

隈左衛門は歯噛みしながら、もう一度、頷いた。口の中も切っているのだろう。噛みしめた歯の間から紅い血が滴《したた》り落ちた。

「槇田め。俺の口を封じようとしやがった！　付け火まで企むとは、まったく念の入ったことだぜ！」

座敷にも油の壺が転がっている。隈左衛門の着物にも油が掛けられていた。

「お前えたちの来るのが遅かったら、俺は今頃、炎で炙《あぶ》られてたとこだ」

菊蔵は隈左衛門を座り直させた。お甲は、油や足跡で汚れていない場所を選んで座った。

「なぜ口封じをされなければならなかったのです？　あなたは、槙田や政五郎と組んで、いったい何をしていたのです？」

　隈左衛門は顔をしかめた。

「悪事についちゃあ白状しねぇ。仲間は売らねぇ……ってのが悪党の仁義だ。だけどよ、あっちから仁義を踏みにじってきやがったんだから、こっちも仁義を守るつもりはねぇ。いいだろう。命を助けてもらった礼代わりに、俺が野郎たちのために何をしてやっていたのか、教えてやろうじゃねぇか」

　隈左衛門は腫れ上がった顔を歪めて、低い声で笑った。

「なんでも訊くがいいぜ」

「それなら」と、お甲は訊ねた。

「政五郎が抱元になって、笹島村から送り出したお百姓たちは、どこへ行ってしまったのです？」

「百姓か……。フン、おおかた察しているんだろうが、人足島で働かされているのよ」

「政五郎は、お武家屋敷の奉公人――という話で百姓衆を連れ出したのに、どうして、島に閉じ込めるような真似をしたのです？」

「あの島での仕事はきついんだ。川の流れのいちばん激しい所に溜まった土砂をかきあげる。それをやらねえと船底がつかえて江戸に荷を運び入れることができなくなる。これまでに何人も死人が出たんだぜ。まともな人足なら、いくら銭を積まれたって、そんな仕事にゃあ就きたくはねぇって言い出すからな」

「だから百姓衆を騙して、無理やり働かせているのね」

「そういうこった」

「だけど、どうしてお武家屋敷まで騙すような真似を？」

「それには訳がある。百姓が村を離れる時には、名主や檀那寺の判物（捺印《なついん》した証書）が要る。百姓は年貢を納める元手だからな。滅多なことじゃ、村からは出ることが許されねぇ。江戸の武家屋敷で奉公するから、と言い訳をして、ようやく判物が下りるんだ」

「でも、百姓衆は武家屋敷には行かない。これはどうやって誤魔化すの？　お武家屋敷からお叱りが来たら、もっと早くに政五郎の悪事が露顕していたはずなのに」

「そこを誤魔化すのが、槇田と政五郎の役目よ」

「というと？」

「お武家屋敷の側は、槇田と政五郎には頭が上がらねぇのさ」

「どうして？」

「槇田と、岡っ引きだった政五郎は、お武家様の弱みをさんざん握っているからだ」

「弱みを？」

「武士だって人の子だ。大馬鹿者や悪餓鬼だって生まれてくらぁ。そういう馬鹿侍が町人相手に悪さを働く。強請《ゆすり》たかりだの、町娘に手を出しただの。もっと悪いのになれば、試し斬りの辻斬りなんかも働きやがる。そんな悪事が露顕して、とっ捕まったら切腹ものだ」

お甲は頷いた。

「町人地で悪事を働けば、取り締まるのは町奉行所の役目ですね」

町方役人は、町人の犯罪者を取り締まるのが仕事で、武士を詮議することはできないが、目の前で犯罪が進行中の場合に限って、捕縛することができた。捕縛したうえで目付役所に届けるのだ。目付は武士の犯罪者を詮議する役所である。

「目付役所に届けられちまったら最後だ。それがわかっているから、馬鹿侍は町方役人や岡っ引きに頭を下げて、内済にしてもらう。罪を見逃してくれと頼むんだ」

「槇田と政五郎はそうやって、あちこちの武家屋敷に貸しを作っていた、というわけですか」

「そういうことだ。だから武家屋敷のほうも、政五郎が村から奉公人を送って寄越さなくても、じっと堪えて辛抱する。政五郎を叱ったりしたら、逆に旧悪を訴えられる。それを恐れて泣き寝入りだ。……まったく、武士たるもんが、なんてぇ態《ざま》だよ」

「なるほど、槇田と政五郎の手口はそれですか」

「おう。だからな」

隈左衛門は、いったん言葉を切って、ちょっと考えてから、続けた。

「槇田と政五郎の悪行は、そっとしておくのがいいんだ。迂闊にほじくり返したりしたら、御大身《ごたいしん》のお旗本が腹を切らされるかもわからねぇ。政五郎と一緒になって侍の悪行を揉み消した槇田だって、只《ただ》じゃすまねぇ。切腹の上、断絶だ」

同心の家が取り潰されることは、御家断絶とはいわず闕所《けっしょ》というのだが、中身は同じだ。

「卍屋が政五郎に手を出すなら、槇田が黙っちゃいねぇだろう。現にこうして、俺の口を封じにきやがった。お前ぇたち卍屋がほじくり返そうとしているのは、それほどにまずい一件だってことだ」

お甲と菊蔵は押し黙っている。隈左衛門は続けた。

「槇田の上役たちだって、槇田をかばうはずだ。北町奉行所から恥さらしを出したくはねぇからな。このままだと卍屋は、間違いなく北町との大喧嘩になるぜ」

隈左衛門は上目づかいにお甲をじっと見つめた。

お甲の表情は変わらない。隈左衛門はフッと頬を緩めた。

「やっぱり二代目甲太夫の娘だぜ。脅しなんざ、ちっとも効いちゃいねぇツラつきだな」

隈左衛門は莨盆を引き寄せた。今度は一転して、旧友の娘に対する情を感じさせる口調で続けた。

「そういう裏があるからな、政五郎が悪事を働こうとも、お上の詮議の手が伸びてくるこたぁねぇ。村の名主さんには『安心しろ』と伝えるがいいぜ。川浚いさえ終われば、村の百姓は、村に帰されるはずだ」

　隈左衛門は煙管の莨をプカーッとふかした。

「卍屋さえおとなしくしていれば、いずれは丸く治まるんだ。今度ばかりは手を引くようにと、三代目甲太夫サンに伝えておくんな。お前さんと話ができて楽しかったぜ」

　煙管の先で障子のほうをスッと指し示した。「もう帰れ」と言いたいらしい。

「なにくれとなく、お教えを賜りました」

　お甲は頭を下げた。

「俺は学問所の先生じゃねぇや。堅苦しい物言いはやめてくれ」

　隈左衛門は笑って、煙管の灰を灰吹きに落とした。

＊

「でっけぇ話になってきやしたね。悪事の根がでかくて深ぇ」

　隈左衛門店を出て、卍屋に戻りながら、菊蔵が言った。

「やっぱり、今度の話は、いかさま野郎が卍屋を困らせるために仕組んだ悪巧みのようですぜ。北町と御普請奉行様が相手の大喧嘩をさせて、卍屋を潰してくれようという魂胆だ」

　お甲は首を傾げた。足を止めて、菊蔵の顔を凝視した。

「それであの男は、いったいどんな得をするというの？」

「えっ……。それは……」

「あたしらが公事で銭を稼いでいるのと同じで、あの男は、人を騙して銭を稼いでいる。卍屋甲太夫の三代目だと嘘をついて、人を騙して、銭を稼ごうという腹積もりなのだろうけれども、だとしたら、卍屋を潰しては何にもならない」

　菊蔵は「ううむ」と唸った。

「すると、わけもわからず、引っかき回しているってことですかね」

「わけもわからず？」

「野郎は、公事の恐ろしさを知らねぇんですよ。こんな大事になるとは思いも寄らずに、笹島村の衆を口車に乗せたんでしょうぜ。浅はかな素人《しろうと》考えってヤツだ」

（そうなのだろうか）

　お甲は首を傾げた。

（あの男が、そこまで間抜けだとは思えない）

敵ながら——否、敵だからこそお甲は、いかさま師の力量を理解している。

二

いかさま師と伝兵衛、そして榊原主水は、大川の川べりに立って、対岸にある人足島を遠望していた。

「遅いですねぇ」

いかさま師が笑顔のまま首を傾げた。島に渡った槇田亀三郎は、一刻《とき》（約二時間）が過ぎても戻って来ない。

三人は、寅二郎と辰之助を気絶させた後、槇田亀三郎を尾行し続けたのだ。

「やいっ、張り込みには根気が大切だって抜かしやがったのは手前ェだろうが」

「ははは。そうでした」

伝兵衛の悪態を笑顔で返す。伝兵衛は心なしか上機嫌だ。

「こんだけ時がかかるってことは、そんだけ大ぇ事な談判をしてやがるってことだろ。これで決まりだ。政五郎は島に潜んでいやがるのに違ぇねぇ」

「そうでしょうかね？　確かめに行ければ、話は早いんですがね」

「そうはいかねぇ。俺がこのツラを出せば、悪党どもはすぐに、向こう傷の親分サマだと察するし、お前ぇのほうは公事師として売り出し中だ。悪党連中には、ツラを見覚えられねぇほうがいい」

「しかしですね、こうして対岸の船着場で、槇田の帰りを待ってるだけってのも、愚かしい話ですよねぇ」

「島には白狐ノ元締の手下も忍び込んでる。人足のふりをしながら、探りを入れてるはずなんだ」

「おや。いつのまにそんなお手数を」

「手数だけじゃねぇ。銭もかかってるんだぞ。……わかってるんだろうな？　これで仕事をしくじったりしたら、元締に、さらに損を被らせることになるんだぞ！」

「まぁまぁ、落ち着いて」

などと言っていたその時、榊原主水が「ムッ」と唸って、総身に緊張を走らせた。

「誰か来る」

背後の道を、何者かが足音を忍ばせて走ってくる。町人の走り方ではない。

刀に手を掛けた榊原を、伝兵衛が止めた。

「アイツは元締の手下だ。猿《ましら》ノ六平《ろくへい》ってぇ、若い者だ。卍屋を見張るようにと、元締に命じられてるのさ」

六平は、異名通りの身のこなしで走ってくると、伝兵衛にチラッと頭を下げた。

「面妖なことになってやすぜ。卍屋の下代どもが、兼房町の人宿に走った」

「なんだと。出入りか」

「そうじゃねぇ。人宿の隈左衛門を助けに行ったようなんで。どうやら隈左衛門店に、押し込みが入ったらしいや」

「えっ」と叫んで詰め寄ったのはいかさま師だ。

「それは、確かな話なのかい」

「卍屋の下代どもが血相を変えて走り回ってやがるんで、迂闊にゃあ近寄れねぇんだが、どうも、そんな様子なんで」

「隈左衛門店の変事を、卍屋に報せたのは、誰だえ？」

「白髪頭の爺《じじ》ぃだ。ボロは着てたが、足腰は達者だったぜ」

「そんなこたぁどうでもいい」

伝兵衛が割って入った。

「押し込みやがったのは何者だ！　なんのために押し込みやがったんだ！」

「そこまではわからねぇ。夜が明けたら、隈左衛門店の雇われ者に銭を握らせて訊き出しやす」

六平は闇の中に戻っていった。

「槇田と政五郎が、隈左衛門の口を封じに走ったのに違ぇねぇ！　クソッ、先を越された！　抜け目のねぇ悪党どもだぜ！」

いかさま師は首を傾げた。

「手際が良過ぎやしませんかね？　槇田はまだ、川の向こうですよ？」

「俺たちの……いや、卍屋の目を引きつけるための策だったのに決まってる！」

「というと？」

「槇田自身が囮《おとり》になったのよ！　榊原の旦那が、卍屋の下代どもに当て身を食らわせていなかったら、下代は卍屋まで報せに走っていたはずだ」

「ふむ」

「お甲たちは、いま俺たちがいるこの河岸に、雁首《がんくび》揃えていたに違ぇねぇんだ！

その隙に隈左衛門を襲おうって策だったんだ！」

いかさま師は「ふーん」と鼻を鳴らしながら、首を傾げた。

「でも、その策は失敗したわけですよね？　お甲ちゃんや菊蔵たちは、ここへは出てこなかった。それなのに隈左衛門店は襲われた。……ふぅん？」

「思案していても始まらねえ。クソッ、出し抜かれたぜ！」

「思案していても始まらない、というのには賛成ですね。あたしらの目の届かぬところで何が起こっていたのか、それを調べないことには……」

いかさま師は妙に嬉しそうな顔つきで、そう言った。

三

翌日の昼過ぎ。お甲は江戸の大道を歩いていた。お供を連れた武士や、商人、大工などが忙しそうに行き交っている。

お甲は兼房町の隈左衛門店に顔を出した帰りであった。隈左衛門があの後どうなったのかが気になったのと、店の者から政五郎について何か訊き出すことができないだろうか、と考えたからだ。

しかし、使用人たちの口は固く、実のあることを訊き出すことは難しかった。

(まぁ、いいさ。公事に焦りは禁物だ)

などとお甲は、元気だった頃の父親の口癖を思い返しつつ、己に言い聞かせた。

と、その時。四、五歳ほどに見える男の子が、チョコチョコと走り寄ってきた。

子供が相手ではあるが、用心して、お供の辰之助が前に出た。

「なんだい、坊」

男の子は片手に握った紙を突き出した。

「これを、お姐さんに渡してくれって」

お甲は訊ねた。

「手紙？　誰に頼まれたの？」

「笑っている人」

お甲はハッとした。そして手紙を受け取った。

「駄賃をおあげ」

辰之助に命じ、自分は横を向いて手紙を読んだ。そしてすぐにクシャクシャに丸めて袂に入れた。

男の子は走り去っていく。辰之助が顔を向けてきた。

「いかさま野郎からの繋ぎですかい？」

それには答えず、お甲は、

「お前は先にお帰り」

と命じた。

辰之助は顔色を変えた。

「『ご名代を守れ』っていうお指図に逆らったら、菊蔵さんに拳骨を食らわせられやす」

「あたしの言いつけだよ」

「だけど、ご名代を一人にするわけにはーー」

お供は辰之助一人しかいない。

「大丈夫。お前よりもこの鉄扇のほうが頼りになるさ」

そう言われてしまうと、昨夜《ゆうべ》の失態があるだけに、何も言い返すことができない。

「それじゃあ、隣の町内で待つってのは？」

お甲は「それでいい」と頷いた。辰之助は、何度も振り返りながら、歩き去った。

「これであたしは一人だよ」

まっすぐ前を向いたまま、誰に向かうともなく、そう言った。道の脇にしゃがみ込んで煙管を燻らせていた甘酒売りが、饅頭笠《まんじゅうがさ》をちょっと上げて、笑顔を向けてきた。

「気づいてましたかえ。さすがはお甲ちゃんですね。卍屋もますます安泰だ」

戯《ざ》れ言《ごと》などは相手にせず、冷たい口調でお甲は質した。

「いつもは甘酒を売って暮らしているの？」

「いいえ。お甲ちゃんがこの道を通る間だけ、商売道具を借りたんです。なんと言っても、卍屋の下代衆はおっかないですからねぇ」

「用件は、何？」

いかさま師は煙管の灰を落とした。

「昨夜の、隈左衛門店での顚末を、聞かせてもらえませんかね」

「あんたに、どうしてそんな義理を果さなくちゃならないっていうの？」

「あたしは三代目甲太夫ですから」

　カッと赫怒《かくど》しかけたお甲を、いかさま師は片手を突き出して制した。

「今度の件には、北町奉行所まで、一枚噛まされているんですよ。あたしら小悪党にとっても、ちょっと面倒な山なんでしてね。それは公事宿の卍屋さんも同じじゃないんですかね」

　お甲は用心深くいかさま師の目を覗きこんだ。誠実さのかけらも感じさせない薄笑いを浮かべている。

（だけど、虎穴に入らずんば……、の譬《たと》えもある）

　お甲もまた、公事師であった。いかさま師が姿を現わしたことは好機でもある。相手の手の内を読み取る、またとない機会だ。

「なんだか腑《ふ》に落ちないことばかりが増えてくる。……お甲ちゃんも、同じ感じゃあ、ございませんかえ？」

　いかさま師が言った。お甲はちょっと考えてから、頷いた。

「それは、あなたが仕組んだことだから、ではないの？」

　いかさま師は「まさか」と笑った。

「あたしを買いかぶらないでおくんなさい。所詮《しょせん》は口先三寸のいかさま師。村の名主様や、お武家屋敷を客としている人宿を、どうこうできるはずもございません」

そう言って不穏な笑顔を向けてきた。

「誠意の証に、こちらから、腹蔵なくお話ししましょう。昨夜、卍屋の下代さんのお二人を気絶させたのは、あたしの仲間です」

「なんですって！」

「あたしたちも槇田を追け回さなければならない事情があったのでね。邪魔なんで、眠っていてもらいました」

食ってかかろうとするお甲を制して、

「罪滅ぼしに、あたしたちの昨夜のしくじりをお話ししますよ。まんまと槇田に騙されて、人足島の対岸で、現われもしない政五郎を待っていた――という次第でね。いやはや、とんだ赤っ恥です」

「槇田は、屋敷を見張られていることを知っていた？」

「おそらくはそうです。己を囮にして、見張りを引っ張り回したんでしょうね」

いかさま師はニヤリと、意味ありげに笑った。

「さぁて、そこでだ。あなたが昨夜、隈左衛門店に駆けつけた時、隈左衛門店はどんな様子でしたかね？」

「店の使用人は気絶させられ、隈左衛門さんは痛めつけられていた。あたしらが駆けつけるのが遅かったら、お店ごと焼き殺されていたかもしれないと――」

　お甲は己の目で見たことと、隈左衛門から聞かされた話とを伝えた。いかさま師は珍しく、笑みを引っ込めて考え込んだ様子であった。

「……ま、いずれにしても、ですよ。村のお人たちを見つけ出さないことには話にならない」

「それはそうよ」

「そのお人たちさえ、村に帰して差し上げれば、名主の市兵衛さんも、村の衆も、喜んで公事を引っ込めたうえで、卍屋に礼金を寄越すでしょう。卍屋は槇田の旦那と喧嘩をしなくても済む。万々歳だ」

「それで、あなたには、どんな得があるの？」

「政五郎が貯め込んだ悪銭を横取りします」

　お甲はちょっと考え込んだ。その金は本来、村人や武家屋敷に返すべきものだ。

（今のところは、目をつぶっておいてあげるか……）

このいかさま師と手を結んだふりをして、政五郎を見つけ出すために利用し、いかさま師が金をせしめる前に、こっちで金を確保してしまえば良い。

(騙し、騙され、出し抜き、出し抜かれるのも、公事師の習いさ)

お甲は頷いた。

「わかった。一時《いっとき》、手を結びましょう」

いかさま師は笑顔で頷いた。

「それじゃあ早速ですが、あたしからの忠告。ほんの老婆心です。市兵衛さんと、村のお人たちの言い分を、もう一度、洗い直した方が良さそうです」

「えっ」

「市兵衛さんと村のお人たちの言っていることは、どこかがおかしい。腑に落ちない。何かを隠しているような気がしますよ」

「ええ……」

それは、毎日市兵衛の顔を見ているお甲も同感だ。市兵衛の物言いや表情には、煮え切らないものを感じていた。

いかさま師はニヤリと笑った。

「村のお人たちは何かを隠している。だからこの一件は、露顕したはずの真相が、納得できそうで納得できない……ってな話になるんですよ」

四

「なんだか、とっても静かだべ」

おきぬは宿の座敷の障子を細めに開けて、廊下を覗いた。

下代たちは公事の下調べのために出払っている。お甲と菊蔵の姿も見えなかった。

(何もすることがねぇと、時が経《た》つのが遅ぇもんだな)

生まれて初めて経験する〝手持ち無沙汰〟というものを、文字通りに、おきぬは持て余していた。

宿からは決して出るな、と言いつけられている。政五郎とその手下たちが、口封じのために襲いかかってくるかも知れない、とのことであった。

なんと言っても相手は〝人食い鬼〟の異名をとる悪党だ。用心するに越したことはない。

とはいうものの、

（政五郎親分さんは、そんな悪党なんだべぇか？）

おきぬの目には、そうは映っていなかった。

（オラだけじゃねぇ。村のみんなだって……）

次郎左をはじめ、村の若い百姓たちは皆、政五郎の人柄を信じて、奉公の世話を頼んだのだ。

（政五郎親分さんが悪党だとは思えねぇ）

ぼんやりと考えていた丁度その時、

「おきぬ。何をしている」

きつい声音で質されて、おきぬは慌てて目を向けた。

「あっ、名主様」

市兵衛が険しい顔つきでおきぬを睨みつけていた。お甲や菊蔵の前では決して見せない、村の独裁者の顔だ。

「村に帰ったらどうだ。お前が江戸にいたところで、どうこうなるわけじゃあるまい。人探しは卍屋のお人たちに任せておけばいいんだ」

日頃のおきぬであれば、蛙《かえる》みたいに這いつくばって低頭し、「村さ帰ぇりますだ」と答えていたに違いない。おきぬ自身も、村に帰りたい心地になっていないこともなかった。

（だども、次郎左さんに会わねぇことには……）

次郎左は貧しい百姓の三男坊だ。村の名主や乙名たちが、本気で、銭まで使って、見つけ出してくれるとは思えなかった。

江戸者の目には純朴そうに映る百姓たちの、薄情な本性を、おきぬは嫌と言うほど知り尽くしている。

（やっぱり、オラの手で見つけ出すしかねぇ）

そう思い極《きわ》めたその時。

「おきぬちゃん、お客人が来てるよ」

卍屋の下女のお里が廊下の向こうで呼ぶのが聞こえた。

「あっ、はい」

おきぬは、市兵衛に重ねて「帰れ」と命じられないうちに、これ幸いと、台所へ向かった。

市兵衛が何か文句を言っていたが、聞こえないふりをして足を急がせる。

台所ではお里が米を研いでいた。宿の客と、下代衆が食べる飯のすべてを炊かねばならない。大仕事だ。

「男の人が外で待ってるよ」

お里はちょっと顔を上げてそう言った。

おきぬの鼓動が一瞬にして跳ね上がった。

(次郎左さんかも)

三代目甲太夫が早くも見つけ出してくれたのだろうか。

甲太夫は江戸でも指折りの公事師だという評判だ。

(きっと次郎左さんに違ぇねぇ)

胸を弾ませながら戸口から外へ飛び出た。

「お前ぇさんが、おきぬさんかい」

そこには見たことのない、若い男が立っていた。おきぬはギョッとして顔色を変えた。

「まったく――」

縞《しま》の着流しを、ちょっと気障《きざ》に着崩した、いなせな男である。年増女でもあれば（あら、好い男）と相好を崩すのであろうが、百姓娘のおきぬは、ただただ動揺するばかりであった。

「あ、あの……」

あたしになんの御用ですか、と言おうとしたのだが、舌がもつれる。

男は片手を懐に突っ込んで、長身の肩を揺らしながら歩み寄ってきた。

「俺ァ、鮫二郎《さめじろう》ってんだ」

いかにも偽名臭い名乗りだが、おきぬにはそこまで勘づく余裕はない。鮫二郎はニヤリと不穏に笑った。

「次郎左の仕事仲間でな。野郎に頼まれてやってきた」

おきぬは「えっ？」と、弾かれたように身を震わせた。

「次郎左さんの友達？」

「そうよ」

「次郎左さんは、どこにいるんです！」

「でけェ声を出すんじゃねぇ」

鮫二郎は目に怒りを滲ませた。おきぬの耳に口を寄せて、早口で囁いた。

「次郎左は奉公先を勝手に飛び出したんだ。これがどういうことかはわかってるな？　奉公先のお侍に居場所を知られたら面倒なことになるんだぜ」

「次郎左さんが、お咎めを受けるってこと？」

「そうだぜ。村の名主さんも来ていなさるんだろ？」

おきぬは頷いた。

「次郎左の身が大事なら、名主さんにも聞かれねぇように、静かにしていろぃ」

鮫二郎はおきぬを物陰に引き込んだ。

「次郎左から言伝てを頼まれて来た。野郎もお前ぇに会いたがってる。だけどな、野郎も後ろめたいんで、表立っては会いに来られねぇ」

「じゃあ、どうすれば……」

「今夜、六ツ半、こっそり会いたいと次郎左は言ってるぜ。……お前ぇ、ここを抜け出せるかい？」

暮六ツは日没時で、六ツ半は、その半刻（約一時間）後である。家に帰る町人や、湯屋や酒場に向かう人々が大勢歩いている。江戸の道には常夜灯があるし、出店や屋台の行灯もあった。娘が一人で出歩いても問題はあるまい。

おきぬは黙って頷いた。鮫二郎も、満足そうに頷き返した。

「それじゃあ、逢引きの場所を教えるからな……」

鮫二郎はさらに声をひそめて、おきぬに囁いた。

＊

夜になった。お甲は奥座敷で帳合をしていた。

そこへお里がやってきた。廊下で膝を揃えて、障子の隙間から顔を覗かせた。

「何かあったのかい」

お里の表情の冴えないことに気づいて、お甲は質した。お里はますます困惑した様子で答えた。

「おきぬちゃんが、湯屋から帰って来ないんです」

「なんだって」

お甲は腰を浮かせた。

「どういうこと？」

湯屋は同じ馬喰町内にある。湯屋へ通じる道沿いには公事宿が建ち並んでいて、屈強な下代たちが行き交っていた。よもや人攫いもあるまいから、おきぬの行動を厳しく監視したりはしていなかった。

「湯屋の近くで、騒がしいことはなかったかい」

お里は首を横に振った。そして何かを思い出した顔をした。

「もしかしたら、誰かに呼び出されたのかも……」

「どういうこと！」

お里はお甲の剣幕に怯えながら答えた。

「お昼過ぎに、おきぬちゃんに会いに来た人がいたんです」

嫌な予感が、ゾクッと、お甲の背筋を走り抜けた。

「それは誰？」

「おきぬちゃんに確かめたら、江戸に出稼ぎに来てる、親類だって……」

「それは本当かしら」

「今にして思うと……、なんだか含みのある顔つきだったかも」

お甲は立ち上がった。

「皆を集めて！」

放っておいてはいけない。お甲の勘がそう告げていた。

＊

「おい。誰か来やがったぞ」

寅二郎が辰之助を肘で突ついた。

二人は今宵も八丁堀の空き屋敷に張り込んでいた。お甲の情けで、失態を取り返す機会を与えられていたのだ。

「誰だい？」

辰之助も居眠りはしていない。パッチリと目を見開いて、夜道の先を見つめた。

「怪しいぜ兄ィ。野郎は提灯を下げていねぇ」

謎の男は軽い足どりで、踊るようにしてやってきた。

寅二郎は夜空を見上げた。火の見櫓が真っ黒な影となって佇立《ちよりつ》している。

昨夜の失態で、自分たちもまた見張られていたのだと思い知らされた。曲者が見張っていた場所は火の見櫓しか考えられない。

目を凝らしたが曲者の姿は見当たらなかった。寅二郎は夜道に視線を戻した。謎の男は生け垣の前を走り抜けて行った。

色白で整った顔つきの、しかし、一癖も二癖もありそうな男であった。男は、槇田の屋敷の片開き戸を押し開けた。

「今のを見たか辰之助。挨拶もなしに入ぇって行きやがった」

「悪党の一味だろうか」

「そのようだな。政五郎からの使いかも知れねえぞ」

「何を話し合っているのか、聞いてこようか」

「いや待て。無理は禁物だ」

昨夜の失態が寅二郎を用心深くさせている。

すぐに男が出てきた。

「ほら見ろ。屋敷に向かってたら、鉢合わせしていたところだぜ」

男は、来た時には下げていなかった提灯を手にしていた。火が入っている。

もう一人、別の男が道に出てきた。

「槇田だ」

辰之助が囁いた。闇に慣れた目にとっては、提灯の火でも十分に明るい。同心の顔をはっきりと見て取ることができた。

「鼬ノ金助がいねぇぞ」

寅二郎が注意を促す。

「槇田め、家の小者も引き連れねぇで出掛ける気か」

「小者にも言えねぇような所へ、足を向けようってんですかね?」

謎の男の提灯に先導されて、槇田が歩み去っていく。

「さぁて出番だぜ辰之助。昨夜みてぇなヘマは、もう二度と許されねぇぞ」

二人は空き屋敷を出て、槇田たちを尾行し始めた。

五

暗い小道を、菊蔵が、若い下代を三人ほど従えて走ってきた。

「町内のどこにも見当たりやせん」

お甲は馬喰町の四つ角に立ち、険しく眉をひそめた。

「湯屋は?」

若い下代の一人が答えた。

えなんで」

「番台の爺さんに確かめやしたが、どうやらおきぬは、湯屋には入っていねぇみてえなんで」

「湯屋に行くと見せかけて、どこかへ向かったってことかえ」

菊蔵が舌打ちした。

「行き場所がわからねぇことには……。クソッ、田舎娘なら、一人じゃどこにも行けやしめぇと、高を括《くく》っていたらこの態だ」

お甲は菊蔵に耳打ちする。

「早く見つけ出さないと……。相手は人宿だろうが躊躇《ちゅうちょ》なく襲う大悪党だよ。おきぬちゃんをどうこうすることぐらい、わけもない」

「しかし」と菊蔵は首を傾げた。

「おきぬを引っ張り出して、いってぇどうしようってんでしょうね？　おきぬは貧しい百姓娘だ。名主の市兵衛さんを人質にするってんなら話もわかるんですが」

お甲は黙って考え込んだ。

「……この公事は、何から何までおかしい」

「あっしも同じ考えですぜ。いっそのこと、市兵衛を締め上げてみやしょうかい」

市兵衛は何かを隠している。

（それに、あのいかさま師も）

お甲がいかさま師の軽薄な笑みを思い浮かべたその時であった。通りの先からチリンチリンと鈴の鳴る音が聞こえてきた。

「町飛脚だ。こんな夜中に？」

菊蔵が訝しげに太い眉を寄せた。飛脚は、お甲を目掛けて走ってきて、下代の若い者たちに道を塞がれて止まった。

「あっしは、卍屋のお甲さん宛の飛脚なんですがね」

飛脚は、息をほとんど切らした様子もなく、そう言った。

「卍屋さんに行ったら、町内に出てるって言われたもんで」

お甲は頷き返した。

「お甲はあたしよ。ご苦労さま」

菊蔵が代わりに手紙を受け取る。飛脚は走り去り、菊蔵は手紙をお甲に渡した。

お甲が手紙を広げると、下代の一人が気を利かせて提灯を差し出した。お甲は提灯の明かりにかざして読んだ。

その顔つきが緊張で強張った。

「誰からの文ですかえ」

お甲のただならぬ様子を察した菊蔵が訊ねる。お甲は吐き捨てるように答えた。

「いかさま師からよ。おきぬちゃんは大川の河岸へ向かったらしい」

「そう書いてあるんで？」

お甲は答えず、

「あたしらも大川へ行くよ」

そう命じた。菊蔵は慌てた。

「いかさま野郎の言うことなんかを、信用なさるんですかい」

「今は、ね」

お甲は走り出そうとして、足を止めた。

「念のため、下代たちを卍屋に帰しておいて。市兵衛さんまで攫われたりしたらかなわない」

「なるほど、あっしらを卍屋から引き離す策かも知れやせんな」

「そういうこと」

お甲は走り、菊蔵は若い者たちに卍屋に帰るように命じてから、ついてきた。

＊

「くそっ、やつらめ、舟で大川を渡る気だぞ」

寅二郎が口惜しげに叫んだ。河岸に繋いであった舟に槇田が乗り込んだのだ。謎の男が棹を握って、船を出そうとしていた。

「どうする兄ィ。俺たちは橋を使うか？」

「馬鹿を言え。橋を渡ってる間に見失っちまうぞ。まだ宵の口だ。川面を見ろ。客待ちの猪牙が流しているだろう」

深川へ遊び人を運ぶ舟にとっては、この時刻が稼ぎ時である。

「おっ、ちょうどいい具合に来やがった。おうい、舟を頼まぁ」

通り掛かった船頭が「あいよぉ」と答えて、漕ぎ寄せてきた。

「おうい。早くしてくれ」

槇田の舟が遠ざかってしまう。

と、そこへ、

「その声は、寅二郎！　辰之助！」

菊蔵が暗い夜道を走ってやってきた。

「菊蔵さん、どうしてここへ？」

呆気《あつけ》にとられる辰之助に、菊蔵が答えた。

「いかさま野郎の文を読んで、駆けつけてきたんだ。手前ェらは？」

「あっしらは、槇田を追って来たんでさぁ。野郎は川の上でござんす」

辰之助は彼方《かなた》に見える提灯の火を指差した。

「あれか。……ところでお前ぇたち、おきぬの姿を見なかったか」

二人は首を横に振った。そこへ、「へい、お待ち」と、猪牙船が寄ってきた。

「お客さんは、三人かい？」

「いいえ」

闇の中からヌウッと姿を現わして、お甲が答えた。

「皆で乗ったら船足が遅くなる。あたしと菊蔵で追いかける。お前たちは別の舟にお乗り」

寅二郎が首を傾げた。

「だけど、野郎の行き先もわからねぇんじゃ……」

「行き先は、多分、例の島さ」

お甲と菊蔵は舟に乗った。菊蔵が船頭に酒手《さかて》を握らせる。

「あの提灯を追ってくれ。ただし、追いつかねぇように気をつけてな」

船頭は、ちょっと気持ちの悪そうな顔をした。

「あんたたちは、お役人様の手先かい？」

「そんなようなもんだ」

「命の遣《や》り取《と》りに巻き込まれるのは御免ですぜ？」

船頭は棹で岸を突いて舳先を川中へと向けた。

＊

槇田を運んでいた舟が川岸に乗り上げ、捨てられていた。ここもかつては砂州だったのであろう。闇の中に砂地と葦原《あしはら》が広がっていた。

海の潮の匂いがする。お甲と菊蔵は船頭に船賃を払って舟から降りた。

「ここは人足島のすぐ近くですぜ。お気をつけなすったほうがいい」

船頭はそう忠告すると、逃げるように舟を漕いで去った。

「ご名代、あそこに提灯の火だ」

菊蔵が葦原の先を指差した。提灯の明かりが揺れている。お甲は頷き返して、明かりを目指して進んだ。

丈の高い葦の葉が、夜風に吹かれてザワザワと鳴っている。いかにも不気味な気配であったが、この音のお陰で足音を消すことができた。お甲と菊蔵は身を低くして走りつづけた。

提灯の明かりに近づいていく。ふと、お甲は足を止めた。

（あれは……槇田ではない？）

提灯を手にしていたのは、男の影ではなかった。その影が唐突に叫んだ。

「次郎左さん！」

（おきぬちゃんの声だ……！）

何故《なぜ》おきぬがここにいるのか。

闇の向こうからは一人の男が近づいてきた。

「次郎左さん？　次郎左さんよね！」

おきぬがさらに声を上げた、まさにその時――、

「キェエエエエッ！」

凄《すさ》まじい気勢の声が響きわたった。別の男が葦原の中から飛び出してきた。

「あっ！」

おきぬも驚いて声を上げる。

お甲は腰に差さった鉄扇を引き抜きながら走った。飛び出した男は、抜き身の刀を大上段に振りかぶっていた。

「おきぬちゃん！　逃げてッ」

お甲は叫んだ。おきぬは振り返ってお甲に顔を向けた。黒い影が覆い被さるようにしておきぬに迫り、大上段から刀を斬り下ろした。

「おきぬッ！」

刀を受けたおきぬは、崩れるようにして、その場に倒れた。

叫んだのは、おきぬの正面にいた男——次郎左である。

「野郎ッ」

次郎左は、懐に隠し持っていた匕首を引き抜いた。

「畜生ッ、よくもおきぬを！」

腰だめに構えると、おきぬを斬った男に向かって突進した。

「ぐわっ！」

男二人の影が重なった。匕首が脇腹を貫いた。二人の男は絡み合ったまま倒れた。

お甲は走った。菊蔵が追い抜いて前に出る。血の臭いが夜風に乗って漂ってきた。

次郎左がムックリと立ち上がった。地べたには、北町奉行所の同心、槇田亀三郎が横たわっていた。

次郎左は、自分が何をしでかしたのかわからない――という顔をしていた。血まみれの匕首を両手で握っていることに気づくと、愕然《がくぜん》とした顔つきで激しく身を震わせた。匕首を取り落とし、その場に座り込んでしまった。

お甲も、菊蔵も、咄嗟のことで声もない。その時、

「あああ、一足遅かったですねぇ……」

困ったような笑みを浮かべたいかさま師が、葦原をかき分けながらやってきた。

第六章　鬼哭啾々《きこくしゅうしゅう》

一

闇の中から、ギイッ、ギイッ、と、櫂を軋ませて舟を漕ぐ音が聞こえてきた。

夜霧の中から一艘の小舟が現われた。船頭の太郎次が櫂を握っている。ドンッと舳先を川岸に叩きつけるようにして乗り上げて、太郎次は舟から飛び下りた。

「ああ……。とうとう、やっちまったのかい……」

惨状を目にして、瞼をきつく閉じると、首を左右に振った。

「こんなことになるんなら、別の手もあったんだが……」

おきぬの前に屈み込むと、なにやら慣れた手つきで首筋を検《あらた》めた。

「駄目だ。死んでる」

片手拝みに「南無……」と呟いてから立ち上がり、今度は槇田亀三郎の傍に屈みんだ。


「こっちは、まだ息があるぜ」

そう言うと、槇田の身体に刺さっていた匕首を握り、さらにグウッと深く差し込んだ。

「ぐわあああっ……」

槇田が呻く。

「何をしやがる！」

菊蔵が慌てて太郎次を押し退けようとした。太郎次はその手を振り払った。

「この悪党は、こうしちまったほうが、世の中のためなんだよ！」

槇田は断末魔の痙攣《けいれん》を全身に走らせ、やがてグッタリと絶命した。

「死んだ」

お甲が呟いた。太郎次は疲れ切った顔つきで立ち上がった。

「これでいいんだ。この野郎には相応しい最期だ。因果応報ってやつさ」

太郎次はお甲と菊蔵に目を向けた。

「見ただろう、手前ェたち。卍屋の公事師が生き証人だ。北町の槇田を殺《や》ったのはこの俺だ」

そう言ってから、肩ごしに、次郎左を見やった。

「お前ぇはこれで関わりナシだぜ。さっさとどこかへ消えちまえよ」

次郎左はガクガクと、人形のように頷くと、身を翻して、闇の中に走り去った。

「あっ、待て」

菊蔵が咄嗟に後を追いかけようとする。その前に太郎次が立ちふさがった。

「言ったろう。槇田を殺したのはこの俺だ。俺が獄門台に上るって言ってるんだぜ。あの若ぇのは見逃しておくんなよ」

一部始終を見ていたはずのいかさま師は困ったような薄笑いを浮かべて、何も言わない。お甲は鉄扇を帯に戻してから、訊ねた。

「どうやら、深いわけがありそうね」

太郎次は頷いた。

「ああ。おおいにわけありだぜ」

「あなたの正体は何者？」

「俺かい」

太郎次は、風雪に晒されてきた皺だらけの顔を、意味ありげに微笑ませた。

「お前ぇさんらが探していた、人食い鬼ノ政五郎よ」

菊蔵は「えっ」と叫んだ。お甲は（そうかもしれぬと思っていた）という顔つきで頷いた。

政五郎は足元に転がる二つの死体に目を落とした。

「ここには置いておけねぇな。ここで殺しがあったと知れたら、人足の皆に迷惑がかからぁ。しかも骸の一人は町奉行所の同心だぜ。人足の中には、叩けば埃の出てくる野郎も大勢いる。町奉行所の手入れだけは避けてぇんだ。御普請奉行所のお役人だって、下手すりゃ腹の一つもかき切らなくちゃならねぇ破目にならぁな」

「どうする気なの？」

お甲が訊ねる。政五郎は早くも槇田の襟《えり》を摑んで、引きずり始めた。

「俺の舟に乗っけて、どこかの川岸にでも運ぶさ。殺しを見届けたのはお前ぇたちだけだ。お前ぇたちが口裏を合わせてくれりゃあ、島の人足たちにも、御普請奉行所のお役人にも、迷惑はかからねぇ」

菊蔵は困った顔をした。

「そりゃまぁ、殺しがどこで起こったのか、なんてこたぁ、この際どうでもいいことだろうがなぁ……」

「そう思うんなら手伝ってくれ。そっちの足を持ち上げておくんなよ」

結局、二人の手で、槇田亀三郎とおきぬの亡骸《なきがら》は、舟の中に移された。お甲と菊蔵も舟に乗る。最後にいかさま師が舟に乗り移った。政五郎が棹で岸を突いて、舟を川の流れにのせた。

舟は闇の中を下っていく。大河の流れは音もなく静かだ。川面は夜霧に包まれて何も見えない。舟の上だけが、常世《とこよ》から切り離されたかのようであった。

お甲と菊蔵は無言で座っている。いかさま師は不気味に微笑んでいる。船底に横たえられた死体は、闇の中では、生きた人間が眠っているようにしか見えなかった。

「俺ァ、下総の川っ縁《ぺ》りの生まれだ。餓鬼の頃から舟を操ってる。だがよ、骸と一緒の川下りってのは、これが初めてだなぁ」

政五郎が、なにやらおどけた口調でそう言った。菊蔵がすかさず質した。

「それにしちゃあ、恐がる様子もねぇじゃねぇか」

政五郎は「フン」と鼻を鳴らした。

「こちとら、町方の同心様から十手を預かって、政五郎親分と呼ばれた身だ。骸なんかをいちいち恐がっちゃあ、いられねぇのよ」

そう言い放ってから、一転、しんみりとして、

「その同心様が今、オイラの足元でおっ死《ち》んでいなさるんだがな」

と、呟いた。

「それじゃあ、政五郎親分よ」

菊蔵が凄味を利かせた目を向けた。

「いってぇ何が起こってこうなったのか、あんたが連れ出した村の若い衆は、いってぇどこにいるのか。それを聞かせてもらおうかい」

政五郎は闇の中で忍び笑いを漏らした。

「この態を見てもまだ、俺を公事のお白州に引き出そうってのかい。俺は同心殺しの凶状持ちだぜ？　御勘定奉行所のお白州に行く前ぇに、町奉行所のお白州にツラを出さなくちゃならねぇ身だぜ」

「どういうつもりで次郎左の罪を被ったのかは知らねえが、お前ぇが獄門台に送られる前ぇに、村の若い者たちを、みんな揃って、笹島村に帰さなくちゃならねぇ。そういう約束で、公事を引き受けたんだ。見ろ」

　菊蔵は足元のおきぬを指で示した。

「次郎左を追って江戸に出てきて、わけもわからず殺されちまったんだ。こんな哀れな話があるかい！　やいっ政五郎！　手前ェが殺したも同然だぜ！」

　櫂を操る政五郎の手が止まった。

「そこまで言われちまったんじゃ仕方がねぇ。わかったぜ。事の次第を聞かしてやらぁ」

　政五郎は櫂から手を離すと、船底から碇《いかり》を持ち上げて、川面に投じた。碇には長い縄がついていた。

「これでしばらくの間は、ここに留まっていられるぜ。川岸に声も届きやしねぇだろう」

　そう言うと政五郎は舟の艫《とも》（船尾）に座った。

「まずは一服つけさせてくれ」

帯から下げた莨入れから煙管を取り出し、莨をつめると、足元の行灯の蓋を開けて火をつけた。旨《うま》そうに紫煙を吐き出す。

お甲は無言で政五郎を凝視している。

「それで、何から話そうかい」

政五郎が問いかけてきた。菊蔵が答えた。

「村の若い者たちをどこへやっちまったのか、それが第一に知りてぇ。手前ェが男手を連れ出した家では、今年の田植えもままならねぇと嘆いていなさるんだ」

政五郎は「ケッ」と喉《のど》を鳴らした。

「勝手な言い種だぜ」

「何が勝手だ」

「やい、手前ぇ」

政五郎はギロリと目を剝いて菊蔵を睨んだ。

「田舎の百姓だからって、阿呆みてぇな正直者ばかりだと思ってるわけじゃあ、あるめぇな？」

「なにが言いてぇんだ」

政五郎は顔をしかめて、

「あいつらのほうこそ人食い鬼だ。弟や妹や、そればかりか、叔父なんかまで食い物にしていやがる」

菊蔵は眉をひそめた。そしてお甲に顔を向けた。お甲は政五郎に質した。

「あなたは笹島村で、いったい何を見たの？」

「言ったろう。弟や妹を食い物にしていやがる、鬼どもを見たのさ」

政五郎は煙管を船縁《ふなべり》に打ちつけた。川面に落ちた灰がジュッと音を立てた。

「三年前ぇ、俺は槇田亀三郎の小者を辞めて村に戻った。こう言っちゃなんだが、岡っ引きの袖の下には、黙っていても銭が放り込まれるもんだ。長年の奉公で貯め込んだ銭を元手に、小商いでも始めようと思った。江戸で古着を仕入れて田舎で売れば、その日その日の飯代ぐらいにはなるからな」

政五郎は「ところがだ」と続けた。

「この俺が、江戸で『親分』と呼ばれていたことに目をつけた人宿が、抱元にならねぇか、と、誘ってきやがった。……俺もずいぶんと人の甘い爺《じじい》だったぜ。村の若い者たちに、稼ぎ口を紹介してやれるのなら悪い話じゃねぇ。そんなふうに思い込んで、二つ返事で引き受けちまったのよ」

「江戸に奉公に出るのは、親から田畑を受け継ぐことのできない次男以下の男たちでしょう？　彼らに奉公先を世話することが、そんなに悪いことだったの？」

「良いことなのか、悪いことなのか、俺にも良くはわからねぇ。だがよ、女衒《ぜげん》まがいのことをするのは、俺の性分には合わねえ」

「女衒まがい？」

「あんたも江戸の女だ。吉原や品川の女郎たちが、どんなふうにして連れてこられるのか、それぐれぇは知ってるだろう」

「ええ……」

お甲は表情を曇らせた。

「前金で親に売られて……、その借金を返し終わるまで、ただ働きをさせられるって話よね」

政五郎は頷いた。

「そうよ。その前金は、建前では、給金の前払い――ってことになってる。前払いをされた給金だけどよ、働いている女郎本人の手には渡らねえ。親や、兄貴の懐に入るんだ」

親や兄が作った借金を返すため、あるいは、病気の治療費を稼ぐため、など、様々な理由で娘は売られる。

「男だって同じよ」

政五郎は険しい表情で二度目の莨を吸いつけた。

「お武家屋敷の奉公の、年季の金を受け取るのは、親父《おやじ》や兄貴だ。本人の手には渡らねぇ。一人前の男が、親や兄に金で売られるんだ」

労働の対価は、前金で支払われるのだが、その金を受け取るのは労働者本人ではない。こんな理不尽な契約が、まかり通っていたのだ。

「鎌《かま》ひげを生やした中間《ちゆうげん》奴《やっこ》も、大名行列では厳めしげに睨みを利かせていやがるが、その実は遊女と変わらねぇ。哀れな身の上ってことさ」

政五郎は「フッ」と紫煙を吐いた。

「こんな哀れな百姓をよぅ、人宿に売りつけるこっちの身にもなってみろい。〝心を鬼にして〟なんてぇ物言いもあるが、鬼になんか、なりきれるもんじゃねぇ」

今度は菊蔵が首を傾げた。

「それじゃあ、お前ぇさんが世話をした奉公人が、行方知れずになるのには、どういう訳があるんだい？」

「そいつぁ、お決まりの不参《ふさん》だよ」

お決まりの、と言われても、菊蔵には良くわからない。

「不参とは？」

「奉公の約定を交わし、年季の金を受け取っておきながら、働きに行かない者のことを不参っていうのさ。頑張って働いたってよ、手前ェの懐に銭が入るわけじゃねぇ。『馬鹿馬鹿しい』などと言い出す野郎も多いわけだ」

「その気持ちは、わからねぇでもねぇ」

「娘たちなら観念して売られて行くだろうがよ、若い男の足でなら、どこへでも逃げて行けるって寸法だ。大の男が、腕の二本と足二本、それに箸の二本さえあれば、どう転がったって食っていけるわけだろう？」

「そりゃそうだ」

「不参ってのは、笹島村だけじゃなくてな、どこの村でもよくある話なのよ。だから な、お武家屋敷のほうでも、前渡しの金の他に、毎月数百文の小遣い銭を奉公人本人に手渡したりするんだが、それでも不参の者は後を絶たねぇ」

「給金を前渡しにされた若い者が、不参を決め込むと、どうなるんで？」

「おう、そこさ。親父や兄貴が、先に受け取った銭を、お武家屋敷にお返しするのが筋だろう」

「そりゃそうだ」

「その返金を、どうにかして、誤魔化そうとする百姓が出てきやがった」

「お百姓が？　そんな悪知恵を働かせるもんかね？」

政五郎は、足元に転がる槇田の骸に目を向けた。

「村の百姓衆に、悪知恵を授けた悪党がいやがるのよ」

「それが槇田亀三郎だと？」

「そういうこった」

政五郎は、なにもかも投げ出したような顔つきで、遠くを見た。昔のことを思い出しているのかも知れない。

「町方同心ってのは、ほうぼうのお武家屋敷の弱みを握ってる。昨今の侍は出来が悪いや。酒を飲んで酔っぱらっては、見世《みせ》の男衆に怪我をさせたり、娘っ子らを手籠めにしたり、役者のツラに傷をつけたりしやがる。当然、町人は黙っちゃいねぇ。『畏れながら』と町奉行所に訴え出るって寸法でね。するってぇとお武家屋敷のほうでは青くなって、なんとかしてくれと泣きついてきやがる。こんな不祥事が表沙汰になったらただじゃ済まねぇ。下手すりゃ腹を切らされる」

「お武家様の御面目なんかありゃしねぇな」

政五郎は頷いた。

「そこからが町方同心の腕の見せ所ってヤツでな。訴え出た町人に、武家屋敷から預かってきた銭を握らせたり、宥《なだ》めたり脅したりして、どうにかこうにか内済にしちまうんだぜ」

「そうやって、お武家屋敷に貸しを作るってわけか」

「〝貸しを作る〟なんて生易《なまやさ》しいもんじゃねぇ。こういうのは〝弱みを握る〟っていうのよ」

政五郎は「ケッ」と喉を鳴らした。

「不参のお叱りが人宿に届けられ、人宿からは、村で暮らす抱元である俺のところへ飛脚が届く。俺は親元の所へ行って、前金を返すように言い聞かす。すると親元は、前金を返す代わりに、槇田に相談するってわけだ。笹島村は町奉行所の御領地だから、話は早い。するってぇと槇田は、奉公先に乗り込んで、その家の旧悪を仄めかし、前金のことは忘れろ、などと強請るのさ」

「ひでぇ話だ」

「まったくだぜ。しかも槇田は百姓から礼金を受け取ってるんだからな。なおさら質が悪ぃ」

政五郎は疲れ切った顔つきで首を横に振った。

菊蔵は眉根を寄せた。

「百姓衆のほうが、お武家屋敷から金をだまし取っていたってことか……」

政五郎は、微妙な顔つきで頷いた。

「俺だって百姓衆の厳しい暮らし向きは良く知ってる。どうしても金が要りようだから、息子や弟を売るような真似をするんだ」

「だからって、金を返さねぇってのは道義に外れた振る舞いだぜ。逃げ出した奉公人を捕まえて、屋敷に戻しゃあいいだろうに。お前ぇさんは元岡っ引きだ。しかも不参の百姓の顔も良く見知ってる。捕まえられねぇって話はあるめぇ」

「俺は売られた者《もん》の辛《つら》さも知ってる。せっかく逃げ出したのを、追っかけて捕まえたりはしたくなかった」

「見て見ぬふりを決め込んだってのかい」

「まったくお前ぇの言う通りだぜ。俺は甘いのよ。お前ぇなんかが思っているよりも、ずっと甘っちょろいお人好しなんだぜ」

政五郎は自嘲《じちょう》ぎみに笑った。

「不参を決め込んで逃げた者には行き場がねぇだろう？　だから俺は、あの島の、人足仕事をな、逃げ出した若い者たちに世話してやったんだよ」

「なるほど、そういうからくりだったのかい」

菊蔵は何もかも呑み込んだような顔をした。

政五郎は人足島のほうに目を向けた。夜霧に遮られて、今は見えない。

「貧しい百姓の舎弟たちってのは、一生浮かばれるもんじゃねぇ。親父に売られ、兄貴に売られて、ただ働きをさせられる。親父や兄貴が死んだら、家を継ぐのは兄貴の息子だ。今度は甥《おい》っ子に売られて、ただ働きをさせられるんだぜ。吉原の女郎なら、身請けをされれば一人前の女房になれるってこともある。だが男にはそんな幸運すらも期待できねぇ。武家奉公の中間や小者ってのはよ、吉原の女郎よりも悲惨な身分なんだぜ」

政五郎は、こんどはおきぬの骸に目を向けた。

「次郎左は、この娘と所帯を持ちたがってたが、そのためにはどうしたって、親父や兄貴と縁を切るしかなかったのよ」

政五郎はため息をもらした。

「この娘もよ、村で大人しくしていれば、所帯を持てるほどには銭を稼いだ次郎左が迎えに行っただろうによ。次郎左を探しに江戸に出てきて、槇田の目に留まっちまったのが運の尽きだ。この娘が目立つ動きをしたせいで、不参のカラクリが露顕しそうになった。名主の市兵衛が次郎左の身柄を押えたら、槇田の悪事の、何もかもが明らかになっちまう」

政五郎はいかさま師を、つづいてお甲を、チラッと見た。

「お前たち公事師が、槇田や、俺の悪事をバラしちまうだろうからな」

「槇田は、だからおきぬちゃんを呼び出して……」

「そうだ。殺しちまったってわけさ」

政五郎は深々と溜息を吐き出した。

「だから言ったろ？　俺が殺したようなもんなんだよ」

政五郎は再び煙管を船縁に打ちつけて灰を捨てた。

「あなたはどうするの」

お甲は質した。

「同心殺しの罪を被ったら、ただでは済まない。累は一族に及ぶ。あなたの家族にも遠島や死罪が命じられる」

「そんなこたぁわかってらぁ。俺には親も兄弟もねぇ。子供もついにできなかったし、連れ合いにゃあ先に死なれた。結局な、俺一人が罪を被るのが一番いいのよ」

寂しそうに笑って吐き捨ててから、「だがよ」と続けた。

「気にかかるのは村のことだ。お上の詮議が入りゃあ、ご奉公の前金を返さずに懐に入れるカラクリが露顕するぜ。槇田と村の百姓どもは一味同心だからな。お咎めは逃れられめぇ。くそっ、こんなことなら、もっと厳しく村の連中を脅しつけとくんだったぜ。〝人食い鬼ノ政五郎〟が脅し足りなかったせいで、名主の市兵衛さんが、公事なんぞに訴え出ちまった」

人食い鬼と呼ばれた男の後悔に、お甲には返す言葉もない。

政五郎は煙管を腰にしまった。

「さてと。いつまでも長話していても仕方がねぇ。そろそろ行くとするかい」

立ち上がって碇を引き上げると、櫂を握り直した。

「槙田の骸はどこへ捨てようかね？　番所が近い河岸に捨てるのが、世話がなくていいぜ」

その時であった。舳先の方に座っていたいかさま師が、急に腰を上げて槙田の骸の襟首を摑むと、船縁の向こうに押しやった。さらには帯を摑んで、力を込める。

「あっ」

菊蔵が目を丸くした。槙田の骸はザンブリと大きな水柱をあげて、大川の川面に沈んだ。

「なっ、何を――」

しやがる、という言葉だけはかろうじて呑み込んだ。政五郎の見ている前では、いかさま師は三代目卍屋甲太夫だからだ。

いかさま師はニッコリと蕩けるような笑顔で一同を見た。

「これでいいんだよ」

「ど、どういう……」

「だってさ菊蔵。卍屋が受けた公事の出所《でどころ》は笹島村の名主さんだよ？　市兵衛さんから卍屋に払われた銭は、笹島村の村入用（公共予算）から出ている。公事師ってのは、雇い主のためなら、黒い物でも白いと言い張って、『確かに白いね』と皆様にご納得いただくのが務めなんじゃなかったかね」

「ンなこたぁ――」

手前ェなんぞに言われなくたってわかってる――と言いたいところをグッと堪えて、

「仰る通りでござんすが」

いかさま師は人を食ったような笑顔で続けた。

「だったら笹島村のお百姓衆にとって、都合の良いように事を運んでやるのが筋ってもんさ。あたしらはお役人じゃない。事の次第を明らかにするよりも、雇い主のために働くことが第一だ。笹島村からたくさんの縄付きを出すなんて、本末転倒じゃないかね」

槇田の骸は水面に浮かび上がってきた。河の流れは緩い。舟にそったままプカプカと浮き沈みしている。いかさま師はその様子を細めた目尻で見やった。

「槇田がやってきたことが明るみに出たら、北町奉行所だって困るだろう。だったらこうして、水に流しちまうのが一番だ。骸はどんどん海まで流れて行って、それっきり、みつかりはしないだろう」

「だけど、漁師の網にかかったりしたらどうするの？」

お甲は、いかさま師のされるがままになっているのは業腹な気がして、そう言った。

「江戸前の漁師たちは底引き網を引いている。黒巻羽織の骸が引き上げられたりしたら大騒ぎになるよ」

いかさま師は微笑したまま頷いた。

「お前が案じるのはもっともだ」

「お、おま――」

夫婦みたいに〝お前呼ばわり〟されたお甲が絶句した。怒りと屈辱で、全身を石地蔵みたいにこわばらせる。

「ご名代……！」

取り乱しはしないかと心配になった菊蔵が囁き掛けた。お甲は返事もしない。半分気を失っているような顔つきだ。

「なるほど、匕首で一突きにされた同心の骸が揚がったら、天地のひっくり返ったような騒ぎになるだろうね。だったら、もう一つの面倒事のほうも、片づけてしまおうじゃないか」

「なにをする気だ――なんですかえ」

菊蔵が問い返す。いかさま師は船底で腰をかがめた。

「おきぬちゃんの骸だ。いかさま師は船底で腰をかがめた。

「おきぬちゃんの骸だ。ええと……。死んでいるとはいえ、嫁入り前の娘さんに、こんなことをするのは気が進まないんだけれど……」

帯をまさぐって襦袢《じゅばん》の腰紐を抜き取った。そうしておいてから、おきぬの骸まで川に投げ込んでしまった。

二つの骸が川に浮かんだ。いかさま師は槇田とおきぬの手と手を、腰紐できつく結びつけた。

「こうしておけば、相対死《あいたいじ》にに見えるだろう。同心が田舎娘を斬った後で、同じ刀で自害したとしか見えない」

　相対死にとは心中のことだ。

　いかさま師は、船底に横たえてあった棹を握ると、二つの死体を河の流れへと押しやった。お甲と菊蔵は、あまりに異様ないかさま師の行動に茫然として、見守るしかない。

「田舎娘と同心様じゃあ、どんなに恋い焦がれたって添い遂げられるものじゃあない。だからああして、あの世で添い遂げようってぇ、覚悟の自死さ。さぁて、二人の道行きを見送ってやろうじゃないか」

　いかさま師は白々しく両手を合わせて目を閉じて、「南無西方極楽世界、阿弥陀仏〜」などと念仏を唱えた。

　勝手に心中に仕立てた骸を川に流しておきながら、いかにもいたましそうに手を合わせる。お甲も菊蔵も〝呆れる〟や〝驚く〟を通り越し、茫然とするしかない。まさに開いた口が塞がらない状態だ。

　ただ一人、政五郎だけがいかさま師の意中を察して、不敵に笑った。

「さすがは噂の三代目さんだ。まったくてぇした悪党ですぜ。公事師も三代目さんぐれぇになると、騙りのいかさま野郎と変わりがないねぇ」

いかさま師はまったく悪びれた様子もなく「フッ」と目を細めて、意味ありげな流し目を政五郎にくれた。

「騙し騙されるのが公事だもの。北町奉行所だって、槇田の悪行を表に出されるよりは、騙されたふりをするほうがマシさ」

「だけど！」と遮ったのはお甲である。

「これじゃ、おきぬちゃんが可哀相《かわいそう》！　自分を殺した男と、心中したことにされるなんて！」

いかさま師はお甲に笑顔を向けた。

「おきぬちゃんは、次郎左のためならなんでもできる、とね、あたしの前で言ったもんさ。次郎左は、不参の件にも、同心殺しにも、深く関わっちまった。事が露顕したら、どうしたって死罪だよ」

流れ行くおきぬの骸に目を向ける。

「次郎左を庇《かば》うためだ。おきぬはきっと、許してくれるとあたしは信じるよ」

お甲はおきぬの気持ちを推し量ったのか、急に切なそうな顔つきになって黙り込んだ。

菊蔵は（そんな簡単に誤魔化されちゃいけやせん！）という顔をしたのだが、この場は黙っているしかない――と、判断した様子だ。

いかさま師はなにやら晴々とした顔つきで政五郎を見た。

「あとは、あんたが姿を消してくれさえすればそれでいい。笹島村のお百姓衆の悪事は闇に葬られ、お武家屋敷のほうも、槇田とあんたがいなくなればホッと安堵することだろう。北町奉行所も、薄々とは槇田の悪事を覚っていただろうけど、これで安心だね」

政五郎は大きく頷いた。

「念のため、お武家屋敷の旧悪について、あっしが一筆、書き残しておきやすぜ。槇田が死んで、気持ちが大きくなったお武家屋敷が、笹島村の百姓に『銭を返せ』と脅しに来るかもわからねぇ。貧しい村のどこを搾《しぼ》ったって銭なんか出てこねぇ。返済できるわけもねぇんで。侍ぇどもに厳しく取り立てられたんじゃ、村の者《もん》があんまり可哀相だ」

「ついでに事の次第と真相について、市兵衛さん宛にも書いておくれ。卍屋がそれを見せれば、市兵衛さんは、卍屋に礼金を払ってくれるだろうから」

政五郎は「ヒヒッ」と不気味に笑った。

「三代目さんは、実にしっかりした御方だね」

「卍屋もこれが商売だ。元手もかかってるんでね」

お甲と菊蔵をチラリと見やって意味ありげに笑う。二人は口惜しそうな顔をした。

政五郎はいかさま師に確かめた。

「市兵衛さんには、公事を取り下げさせるんですな？」

いかさま師はニカッと白い歯を見せてから頷いた。

「あんたも約束しておくれ。二度と、村や、江戸に戻ってきちゃいけないよ」

「言われるまでもねぇですぜ」

「それじゃあ、舟を河岸につけてもらおうか。冷えてきた。春とはいえども川の上はまだまだ寒いね」

「まったくでさぁ」

いかさま師は舳先近くに座り直した。政五郎は慣れた手つきで櫂を漕いで、みるみるうちに、大川を渡り切った。

「北新堀の河岸が見えてきやしたぜ」

夜霧の向こうでぼんやりと、河岸の灯火が光っていた。

二

名主の市兵衛は、小さな背中を丸めるようにして去っていく。その後ろ姿を、卍屋の店先に立って、お甲と菊蔵が見送った。

「無理をして拵えたんでしょうなぁ。二十両もの金を、為替《かわせ》にして残していきやしたぜ」

菊蔵がそう言った。

「卍屋としては、損はなかったですがね。なんともやりきれねぇ話でしたぜ」

お甲は頷いた。

「それもこれも、公領のご支配に無理があるから――」

「おっと」

菊蔵がお甲の言葉を遮った。

「そいつを口に出しちゃあいけやせん。お上を謗《そし》ったことになりまさぁ」

「そうね……」

貧しいが故に、百姓たちは弟を、子を、叔父を、江戸に売る。娘たちもまた売られてくる。まったくやりきれない話だ。

お甲は首を振った。

(そんなお百姓衆を救うために、お上は公事という制度を作った……)

相原喜十郎のように、誠心誠意、百姓たちのために働く役人もいる。

(あたしにできることは、公事のお手伝いだ)

「さぁて!」と勢い良く声を出して、お甲は気を取り直した。

「次の公事にかかるよ! 怠けてなんかいられないからね」

ところが菊蔵は、悩みの深い顔をして、首など傾げている。

「……今度の一件、またしても、あのいかさま野郎に好き勝手をされちまった。まったく、あの野郎め、どうしてくれようか」

ブツブツと呟いている。

いかさま師のことを思うと、お甲の気分まで凹んでくるのであった。

三

ギイッ、ギイッ、と櫂の軋む音を響かせながら、一艘の小舟が夜の大川を渡ってきた。

河岸には着けず、葦の密生した岸に乗り上げる。

「江戸の町中に入《へ》ぇるまでは、提灯に火を入れるんじゃねぇぞ。月明かりを頼りに歩くんだ」

押し殺した声が聞こえた。低く嗄れた男の声だ。

船縁を乗り越えて、葦原に降り立った男が返事をした。

「親分、お世話ンなりやした」

「おう。達者でやれ」

「御免なすって」

男たちの黒い影が川岸から土手へと這い上がった。

男たちは物も言わず、気配を殺して、江戸の町中へと消えていく。旅装束で、背中には風呂敷包みや、振り分け荷物を背負っていた。

男たちを降ろした舟は、船首を返して、夜の川面を戻っていく。夜空を照らしていた月が雲で隠され、辺りは漆黒の闇となった。夜霧に紛れて船影はすぐに見えなくなった。

四半刻（三十分）ほどが過ぎて、舟はまた、元の葦原に戻ってきた。やはり舳先から川岸に突っ込んで止まった。

「これで皆、渡したな」

先ほどの、嗄れた声の男が確かめた。

「へい。これで、一人残らずですぜ」

別の男が答えて、舟の上にいた男たち、五人ばかりが一斉に、泥の岸辺に降り立った。

葦原をかき分けながら土手を上る。

「今度の仕掛けはこれまでだ。三代目甲太夫は油断がならねぇ。いつまでも騙されたままでいるとは思えねぇ。こっちの仕掛けに気づかれる前ぇに、江戸を離れるとしようぜ」

嗄れた声でそう言ったのは政五郎であった。旅装束、手甲《てっこう》と脚絆を着けて、背中には風呂敷包みを背負い、腰帯には道中差しを差していた。

「へい」と答えたのは、次郎左だった。

「笹島村の百姓、次郎左の道中手形さえあれば、どこの関所だって、大手を振って通れまさぁ。どうですね？　これから草津にでも行って、湯治ってのは」

「やい文蔵《ぶんぞう》、調子に乗って目立つ真似をするんじゃねぇぞ。いくら手形を持っているからって、手前ェは凶状持ちの文蔵なんだからな」

などと諭したのは、槇田亀三郎の小者、鼬ノ金助である。

「わかってらぁな。獄門台に上がるところを、首の皮一枚で命を繋いだあっしよ。政五郎親分に頂戴したこの命、せいぜい大事にいたしやすぜ」

などと調子に乗って嘯《うそぶ》いたその時であった。土手の上で、小さな炎が光を放った。

その場の五人は、ギョッとして目を向けた。

ほっそりとした人影が土手の上に立っている。その男は、細長く紫煙を吐いた。

一瞬明るく光ったのは、煙管の中の莨の火だとわかった。

その人影が煙管の先をクイッと向けてきた。

「お前さんの本当の名は、文蔵さんっていうのかい」

「あッ、手前ェは！」

鼬ノ金助が叫んだ。

「三代目甲太夫！」

夜空を覆った雲が流れて、明るい月が顔を出した。土手に立つ男の、ツルリとした顔と、軽薄そうな薄笑いを照らしだした。

「政五郎さん。自分の方から卍屋に近づいてきての一芝居。いやはや。たいしたものだったよ」

政五郎に目をやってから、鼬ノ金助にも目を向ける。

「お前さんもグルかい。仕える主の同心様まで裏切るとは。政五郎さんに負けず劣らずの大悪党だね」

「なんのことですかね」

政五郎が純朴そうな顔を取り繕う。

「オイラは、ただ、島のお人を運んできただけだよ」

「シラを切ろうったって無駄さ」

いかさま師が背後に合図を送る。向こう傷ノ伝兵衛が走ってきた。文蔵、あるいは次郎左の顔を見て「手前ェは！」と叫んだ。

「蝮《まむし》ノ文蔵！」

文蔵は顔色を変えて慌てた。

「そ、そういうお前ぇさんは、向こう傷ノ伝兵衛さんじゃねぇか。なんだよ、公事師の手下になりやがったのかい」

伝兵衛は憤慨した様子だ。

「馬鹿を抜かせ！　俺がコイツの兄貴分だ」

「そうは見えねえけど、ま、どっちでもいいですぜ。向こう傷ノ親分！　たのむ！　この場は見逃してくれ！」

代わりにいかさま師が笑顔で答えた。

「政五郎親分が仕掛けたいかさまのからくりを話してくれたら、あんただけは、見逃してあげてもいいですよ」

「おおっ！　ありがてぇッ」

文蔵は土手を駆け上ってきた。いかさま師の前で腰を屈めて、ペコッと頭を下げる。

「なんでも喋りやすぜ！　訊いておくんなせぇ！」

鼬ノ金助が「手前ェ、裏切るのか！」などと叫んでいる。文蔵は聞こえぬふりだ。

いかさま師は笑顔で訊ねた。

「あんたの懐には、下総国、笹島村の百姓、次郎左さんの道中手形が入ってるんだね。次郎左さんに成りすまして、これからは好き勝手に生きようって腹づもりだ」

「その通りですぜ。この俺は凶状持ちで、御手配書が回ってるからな。うかうかと旅回りもできねぇ。別人に成りすまさなくちゃ、ならなかったんでさあ」

「だから、政五郎さんの手を借りたんだね」

「そうなんで。政五郎親分が村から連れてきた百姓の中から、この俺と年格好が似通ってるヤツを見繕って、殺したんだ！　あの二人が！」

政五郎と金助を指差す。政五郎は鬼の形相で歯嚙みした。

「野郎ッ、助けてもらっておきながら、よくもペラペラと……」

「恩きせがましく抜かすんじゃねェや！　ぜんぶ金ずくじゃねぇか！」

悪党二人の罵《ののし》り合いを聞きながら、いかさま師は「ははぁん」と、納得のいった顔をした。

「だからおきぬちゃんは、暗闇の中で、あんたの姿を次郎左さんと見間違えたんだね」

こんどは政五郎に目を向ける。

「村から連れ出したお百姓を殺して、道中手形を悪党に売りつける。そういう悪行で、おおいに稼いでいたんだね、お前さんは」

政五郎は返す言葉もなかったようで、唸り声だけをあげていた。

文蔵はいかさま師に向かってヘコヘコとお辞儀をした。

「あっしが知ってる限りのことは話しやした。どうかこれで、お見逃しを……」

いかさま師は笑顔で頷き返した。

「向こう傷の親分さんの知り人とあっては、お白州に突き出すわけにもいかないからね。行っておくんなさい」

「へへっ。それじゃあ、御免なすって」

文蔵は笠をちょっと被り直して、土手の向こうへ走った。と見せかけて、闇の中で素早く向き直り、懐に片手を突っ込んで、隠し持っていた匕首を抜いた。舌なめずりをしながら、いかさま師の背後に回り込んだ。

闇の中から「おい」と声が掛かった。

文蔵がギョッとして目を向けると、そこには全身黒ずくめの、大柄な浪人が立っていた。文蔵が「あっ」と叫んだ瞬間には、浪人の刀が抜かれて、文蔵の手を匕首ごと斬り落としていた。

「ぎゃあっ」

文蔵は輪切りにされた手首から血を吹き上げながら仰《の》け反《ぞ》り倒れた。恐るべき居合抜きの早業であった。

浪人――榊原主水は、血振りをしてから刀をパチリと鞘に納めた。

いかさま師は、何もかも心得ていたような顔つきで、笑顔を文蔵に向けた。

「そのまま逃げちまえば良かったのに。政五郎さんのためにあたしを殺そうとするなんて。……律儀なことですねぇ」

視線を政五郎に戻す。

「文蔵が簡単に白状したのも、あんたがそれを止めなかったのも、こちらの油断を誘う策でしたね。ちょっと白々しかったですよ」

政五郎は「フン」と、つまらなそうに鼻を鳴らした。否定はしない。

いかさま師は笑顔で確かめた。

「文蔵さんの話には、間違いはないのですかね」

「咄嗟に作り話のできる男じゃねぇ。今の話は本当よ。それで、どうする気だ。俺たちを町奉行所に突き出すのか」

政五郎は開き直った様子で不敵に薄笑いまでして見せた。

「俺にお縄を掛けるつもりなら、こっちはお白州で洗いざらい、ぶちまけてやるぜ。百姓どもがお武家を誑《たぶら》かしていたことも、全部な」

「なんの話ですね？」

「槇田を殺した夜、舟の上で手前ェに喋ったことも本当だ。この俺がお白州で何もかも白状しちまったら、市兵衛も、村の百姓どもも、一蓮托生《いちれんたくしょう》だぜ！　島流しも免れねぇ！」

政五郎は、「どうだ！」とばかりに勝ち誇った顔で続けた。

「雇い主のためなら、黒い物でも白いと言いくるめるのが公事師と抜かしたな？　だったら市兵衛と笹島村のためだ。この俺には手出しするんじゃねぇ！」

「盗人猛々《たけだけ》しいにも程ってもんがありますよ」

いかさま師は呆れたような顔で笑った。

笑みを含んで細められた目が、ギラリと不穏に光った。

「あんたの言う通りでね、卍屋は、市兵衛さんを悪いようにはできない」

「なら、そこを通しな」

「ところがだ。そうはいかないんだよ。こっちも命がかかってる」

「なんの話だ」

いかさま師はニヤーッと笑った。

「そろそろ、まとまった金を持参しないとねぇ、簀巻きにされちまうんですよ」

「だから、なんの話だ！」

「あんたが貯め込んでいるはずの、いま持ち逃げしようとしている悪銭を、残らず頂戴したいんですがね。そのためにこっちは、こんな夜中に出張《でば》ってきて、あんたを待ち伏せていたんだからね」

「なんだとッ、手前ェ！　俺の金を横取りする気か！　公事師ってのは、そんなあくどい真似をしやがるのかいッ」

いかさま師は面白そうに笑った。

「なんでしたら、お役人様に訴え出なすったら――」

「しゃらくせえッ！」

問答無用とばかりに政五郎が懐の匕首を抜いた。鼬ノ金助や、仲間の悪党たちも匕首を抜いて身構える。その中には色白で気障な色男――おきぬを騙して連れ出した鮫二郎の姿もあった。

いかさま師は土手の上で、感心したように頷いた。

「さすがは政五郎親分。なかなかに油断のないお姿。お仲間の衆も、残らず凶状持ちと見えますね」

「おうよ。覚悟しやがれ」

政五郎が「やっちまえ！」と絶叫しながら手を振った。「おうッ」と答えた悪党たちが、鼬ノ金助を先頭に、土手を駆け上ってきた。

「おお恐い」

いかさま師は笑みを含んだまま後退した。代わりに、

「俺に任せろ」

と、榊原主水が踏み出してきた。向こう傷ノ伝兵衛も、

「面白ぇッ」

一声叫んで匕首を抜いて土手の上から身を躍らせた。駆け上がってきた金助と、駆け下りた伝兵衛とが匕首でガッチリと斬り結ぶ。

「やいッ金助！　同心の犬め！　悪党の風上にも置けねぇ！」

「もう同心の小者じゃねぇッ。手前ェこそ公事師の使い走りじゃねぇか！」

「何をッ！」

伝兵衛が体《たい》を浴びせる。足元の不確かな土手の法面《のりめん》だ。金助の腰が砕けて後ろに倒れ込み、一緒に伝兵衛も転がった。

「野郎ッ」

「コン畜生ッ」

取っ組み合ったまま上になり、下になる。闇の中ではどっちがどっちかわからない。犬の喧嘩のような浅ましさで転げ回った。

いかさま師にも悪党たちが殺到する。榊原主水がその前に立ちはだかった。

「わしが相手だ。覚悟いたせ」

腰だめに構えた姿勢から、目にもとまらぬ速さで抜刀した。鋼色の残像が鞘から斜めに放たれて、気障な鮫二郎の腕を斬り飛ばした。

「ぎゃあっ」

もんどり打って倒れた鮫二郎をかわしながら、返す刀で二人目の悪党を叩き斬る。肩から斜めに刃を受けた男は、顔を歪めたまま、悲鳴も上げずに即死した。斬られた胸の裂け目から血飛沫《ちしぶき》とともに肺の空気の吹き出す音がした。

組んずほぐれつ揉み合っていた金助が悲鳴を上げた。馬乗りになった伝兵衛が金助の胸に匕首を突き立てて、さらにグイッと押し込んだのだ。

金助の身体に断末魔の痙攣が走る。

「手間ぁ取らせやがって！」

伝兵衛は金助に唾を吐き掛けながら立ち上がった。

あっと言う間に、残っているのは政五郎一人となった。榊原主水に腕を斬られた文蔵と、鮫二郎は役に立たない。

「くそっ」

政五郎がたじろいで後退する。斬り合いの間はコソッと隠れていたいかさま師が、のうのうと前に出てきた。

「お金を渡してください。そうすれば、命まで取るとは言いませんよ。あなたも手前も、お役人には訴え出ることのできない身ですからね」

「馬鹿ァ抜かしやがれ！　村の百姓どもを殺し、同心サマを手にかけてまで作ったこの金だ。手前ェなんかに渡すもんか！」

政五郎はジリジリと後退る。榊原主水と伝兵衛が迫った。舟に乗って逃れようにも、舟を押している間に後ろから斬られる。逃げ場はない。

政五郎は、肩から下げた振り分け荷物をきつく握って絶叫した。

「地獄までも持っていくぜ！」

いきなり川面に身を躍らせた。

「あッ、馬鹿野郎ッ！」

伝兵衛が叫んだ。悪銭は振り分け荷物に入っているのだろう。小判であれば相当の重さだ。

「小判を重石《おもし》に、溺れ死ぬ覚悟か！」

政五郎は水の中で苦しげに手足を動かしている。身体は川面に浮き沈みしながら流れていった。

「船を出しましょう。急いで！」

政五郎たちが乗ってきた舟に、いかさま師が取りついた。

「俺に任せろ！」

榊原主水が舟を押し出した。川岸の泥から船底が離れる。三人は急いで飛び乗った。伝兵衛が棹を握る。岸を突いて舟の舳先を巡らせた。

「急げ急げ！」

榊原にせき立てられて、「わかってらぁ」と煩そうに叫んだ。

伝兵衛は櫂に握り直す。使わなくなった棹はいかさま師が手にした。

もはや政五郎はピクリとも動かない。わずかに浮いていた肩や後頭部も水中に没しようとしていた。

伝兵衛は必死に櫂を漕ぎ、いかさま師は棹の先を伸ばした。

「ようし、引っかけたよ」

いかさま師は棹をたぐった。振り分け荷物の紐を棹の先に引っかけている。

「ようし、よくやったぜ」

伝兵衛が乱杙歯《らんぐいば》を剝き出しにして笑った。いかさま師は振り分け荷物を舟に引き上げた。

「政五郎は覚悟の自死だ。生かしておいても迷惑にしかならないお人だからね。笹島村の秘密と一緒に、あの世に行ってもらいましょう」

いま助ければ息を吹き返すかもしれないけれども、棹の先で川中に押し戻した。政五郎は海へと流されていった。

「本物の次郎左さんがあの世で待っていますよ」

「何を格好つけていやがる。金だ、金を検めろ」

櫂を放り出した伝兵衛が振り分け荷物に飛びついて、行李《こうり》の蓋を開けた。

「……なんでぇ、たったのこれだけか」

濡れた荷物をさんざんひっくり返した挙げ句、出てきたのは小判で三十両ばかりであった。あれほどの悪事を働いた男の持ち金にしては少なすぎる。

「胴巻きにでも、入れていましたかねぇ」

いかさま師は呑気な笑顔で、首を傾げた。

「そうかもわからねぇ。くそっ、野郎の骸は川の底か」

「この辺りは深いですからね。水練の達者でも、懐を検めに行くのは無理でしょうねぇ」

「あとは……野郎の塒に隠してあるかどうかだ。隠れ家はどこにあるんだ。くそっ、手間を掛けさせやがる」

「まぁいいじゃないですか。これであたしは首の皮一枚、繋がりましたよ」

「馬鹿抜かせ！　まだ九百五十両からの借財だぜ。笹島村の百姓どもを脅し上げて、金を吐き出させてやろうかい」

「やめておくんなさいよ。卍屋の暖簾に傷がつきます」

「人足どもを締め上げれば、何か白状するかも知れねぇ。急いで舟を返すぜ」

伝兵衛は棹を手に取った。

四

向島に一軒の寮があった。そこには、二代目の甲太夫が、寝たきりの姿となって療養をしていた。

わずかに開いた障子から、梅の花弁が吹き込んできた。二代目甲太夫は、落ち窪《くぼ》んだ眼窩《がんか》の奥の瞼を開けた。

枕許に座る男の姿を認めたのか、乾いた唇を動かして、何事か囁いた。

「お前か……」

と言ったようにも聞こえた。

枕許に座った男は、蕩けるような笑顔で頷いた。

「卍屋も、お甲ちゃんも、無事でしたよ。北町の槇田様との大喧嘩になりそうでしたがね。槇田様は政五郎一味に殺されて、何もかもが有耶無耶《うやむや》になりましたよ」

二代目の甲太夫は、また何事か囁いた。

「いえいえ。とんだ買いかぶり。手前なんぞは、二代目さんのお知恵をお借りしなければ何もできない使い走りの小僧でございますよ」

いかさま師は、細い障子の隙間から、音もなく外に出た。

「それじゃあ、また参じます。お身体、お大事に」

笑みを残して、障子を閉めた。